www.ingramcontent.com/pod-product-compliance
Lightning Source LLC
LaVergne TN
LVHW100407051026
849518LV00003B/1171
* 9 7 8 8 1 9 8 1 5 6 6 6 2 *

جنوبی یورپ سے
کچھ افسانے

انتخاب و ترتیب

اشعر نجمی

Bright Books

Janoobi Europe Se Kuchh Afsane
by Ashar Najmi
Bright Books, Thane, India
1st Edition : October 2024
ISBN: 978-81-981566-6-2

Bright Books

Mira Road East, Dist. Thane, India
nidabattiwala@gmail.com

فہرست

پیش لفظ

اشعر نجمی

زیر نظر انتخاب کو ایک ذاتی انتخاب سمجھا جانا چاہیے۔ بیشتر تراجم مطبوعہ ہیں لیکن ان میں سے کچھ غیر مطبوعہ بھی ہیں۔ دوسری زبانوں سے اردو میں ترجمہ ہونے والے نثر پاروں کی فہرست کافی طویل ہے جس کی ببلیوگرافی تو بنائی جا سکتی ہے لیکن انھیں ایک جگہ اکٹھا کرنا ایک مشکل کام ہے۔ لہٰذا، ہم زیر نظر انتخاب کو ترتیب دیتے ہوئے اس کی لگام کو اپنی گرفت میں رکھنے پر مجبور تھے۔

اس انتخاب پر کام کرتے ہوئے سینکڑوں کتابیں، رسائل، ویب سائٹس، اخباروں وغیرہ میں سے نثر پارے منتخب کیے گئے تھے لیکن اگر ان تمام کو شامل اشاعت کر لیا جاتا تو شاید دس جلدیں بھی ناکافی ہوتیں، لہٰذا سخت ترین انتخاب کے اصولوں کو وضع کرنے کے بعد جو کچھ ہے، وہ آپ کے سامنے حاضر ہے۔

زیر نظر شمارہ انتخاب میں نئے، پرانے اور بہت پرانے ترجمے بھی شامل اشاعت ہیں۔ مطبوعہ تراجم کا لازمی مطلب ہمیشہ یہ نہیں ہوتا کہ وہ تمام قارئین کی نظروں سے گزرے بھی ہوں، چونکہ ہندوستان میں چھپنے والے بیشتر تراجم کی رسائی پاکستانی قارئین تک نہیں ہو پاتی اور اسی طرح پاکستان میں شائع ہونے والے تمام تراجم ہندوستانی قارئین تک نہیں پہنچ پاتے۔ پھر یہ بھی ضروری نہیں کہ اپنے ہی ملک میں شائع شدہ تمام تراجم بھی ہمارے زیر مطالعہ رہے ہوں۔

ہم نے کوشش کی ہے کہ اس انتخاب میں مصنفین کے علاوہ مترجمین کے بھی مختصر تعارف پیش کیے جائیں کہ انھی کے توسط سے ہم تک دنیا بھر کی زبانوں کے نثر پارے پہنچتے رہے ہیں، ان کے اس احسان سے زبانوں کے علاوہ ثقافتیں بھی ثروت مند ہوتی ہیں اور ہم سب ان کے ایک طرح سے مقروض ہیں۔ پھر بھی کچھ مصنفین اور مترجمین کا تعارف ہمیں نہ مل سکا، لہٰذا ہم کوشش کے باوجود بے بس نظر آئے۔

دن دہاڑے

کونستانتن کوافس (یونان)

ترجمہ: محمد سلیم الرحمٰن

کونستانتن کوافس (۱۸۶۳ء-۱۹۳۳ء) یونانی شاعر تھے۔ متمول تاجر خاندان سے تعلق رکھتے تھے۔ جب خاندان کی قسمت نے پلٹا کھایا تو مصر کی تعمیرات عامہ کی وزارت میں ملازم ہوگئے۔ تقریباً تمام عمر اسکندریہ میں بسر کی۔ اس بارے میں عام طور پر اتفاق پایا جاتا ہے کہ وہ جدید یونانی ادب کے سب سے بڑے شاعر ہیں۔ بظاہر انھوں نے صرف ایک ہی افسانہ لکھا جو پیش خدمت ہے۔ یہ آسیبی کہانی لکھنے کی کوشش نہیں ہے بلکہ دکھایا گیا ہے کہ جس آدمی کا تخیل فعال ہو، وہ اپنا اور دوسروں کا دل بہلانے کے لیے نجی زندگی کو افسانوی رنگ دینے میں کامیاب ہوسکتا ہے۔

محمد سلیم الرحمن اردو شعر وادب کا ایک بڑا نام ہے۔ جینوئن ادیب اپنی زبان اور زمانہ ساتھ لے کر آتا ہے۔ نظم، تنقید اور ترجمہ، اس نے سارے پھول اسی تکون میں کھلائے ہیں، جب کہ 'سویرا' جیسے عظیم المرتبت جریدے کی مستقل ادارت ان کے علاوہ ہے۔

ایک روز کا ذکر ہے کہ میں شام گئے رملہ میں سان ستیفانو کسینو میں ڈنر کھا کے بیٹھا ہوا تھا۔ میرے دوست الیگزینڈر رائے نے، جو کسینو ہی مقیم تھا، مجھے اور ایک اور نوجوان کو، جو ہم دونوں کا گہرا دوست تھا، رات کے کھانے پر مدعو کیا تھا۔ چونکہ اس رات کسینو میں موسیقی کا اہتمام نہ تھا، اس لیے بہت کم لوگ آگئے تھے اور ہم تینوں وہاں یوں ڈٹے ہوئے تھے، جیسے اس جگہ پر ہمارے سوا کسی کا حق نہ ہو۔

متفرق موضوعات پر بات چیت ہوتی رہی۔ چونکہ ہم میں سے کوئی متمول نہیں تھا، اس لیے بالکل قدرتی طور پر گفتگو کا رخ اس طرف مڑ گیا کہ دولت کے پاس ہو تو آدمی خود کو کتنا آزاد محسوس کرتا ہے اور نتیجتاً زندگی

کے کیسے کیسے مزے لوٹ سکتا ہے۔

ہمارے نوجوان دوست نے کہا کہ وہ تیس لاکھ فرانک حاصل کرنا چاہے گا اور پھر بتانا شروع کیا کہ ایک بار یہ زرِ خطیر اس کے ہاتھ آ جائے تو وہ کیا کیا کرے گا اور مستزاد یہ کہ کیا کیا نہیں کرے گا۔ میں نے زیادہ منکسر مزاجی سے حساب لگا کر بتایا کہ میرا گزارا بیس ہزار فرانک سالانہ میں ہو جائے گا۔

الیگزینڈر رائے کہنے لگا، ''اگر میں چاہتا تو آج میرا اثاثہ خدا جانے کتنے لکھ پتیوں کے برابر ہوتا، مگر میری ہمت جواب دے گئی۔''

ہم نے سوچا کہ یہ کیسی عجیب و غریب بات کہی گئی ہے۔ ہم اپنے دوست اے کی زندگی کے حالات سے پوری طرف واقف تھے اور ہمیں یاد نہ آتا تھا کہ اسے کبھی یہ موقع فراہم کیا گیا ہو جس سے فائدہ اٹھا کر وہ کئی لکھ پتیوں جتنا امیر ہو جاتا۔ اس لیے ہم نے فرض کیا کہ یہ بات اس نے رواروی میں کہہ دی ہے اور اب کوئی لطیفہ سننے کو ملے گا۔ لیکن ہمارے دوست کے چہرے پر سنجیدگی طاری تھی اور ہم نے اس سے کہا کہ وہ اپنی اسرار آمیز بات کی وضاحت کرے۔

وہ لمحے بھر کے لیے ٹھٹکا، پھر بولا: ''کسی اور محفل میں، مثال کے طور پر ان لوگوں کے درمیان جو خود کو 'بالغ نظر' کہتے ہیں، میں اپنے کہے کی وضاحت نہ کرتا کیوں کہ وہ مجھ پر ہنسنے لگتے۔ ہم بہرحال خود کو ان نام نہاد بالغ نظر حضرات سے قدرے بلند تر سمجھتے ہیں؛ یعنی ہم اپنی کامل روحانی ترقی کی بدولت پھر سے سادگی کی طرف لوٹ آئے ہیں، مگر ایسی سادگی کی طرف جس میں بے علمی کو دخل نہیں۔ ہم نے دائرہ طے کر لیا، سو قدرتی طور پر ہم وہیں پہنچے جہاں سے چلے تھے۔ باقی لوگ آدھے راستے تک پہنچے ہیں۔ انھیں نہ تو پتہ چل سکتا ہے اور نہ ان کے تصور میں آ سکتا ہے کہ راستے کہاں پہنچ کر ختم ہوتے ہیں۔''

''ہاں،'' الیگزینڈر نے دہرایا۔ ''اگر میں ہمت سے کام لیتا تو کروڑ پتی ہو جاتا۔ لیکن میں ڈر گیا۔

''یہ دس برس پہلے کا قصہ ہے۔ آج کی طرح تب بھی میرے پاس کوئی خاص روپیہ پیسہ نہ تھا، یا یوں کہیے کہ بالکل ہی نہ تھا۔ اس کے باوجود کسی نہ کسی طرح میرا وقت کٹ رہا تھا اور ہر لحاظ سے میرے مزے ہی مزے تھے۔ شارع شریف پاشا پر میرا قیام تھا۔ مکان کی مالکہ ایک بیوہ اطالوی تھی۔ میرے پاس قرینے سے سجے سجائے تین کمرے تھے، ذاتی ملازم تھا۔ مکان دارنی اس کے علاوہ، جسے میرے آرام کا اتنا خیال رہتا تھا کہ کوئی حد نہیں۔

''ایک شام میں روسینی کی تماشا گاہ چلا گیا۔ کافی الابلاسنگیت سننے کے بعد میں نے طے کیا کہ بیچ ہی میں سے اٹھ چلتا ہوں تاکہ گھر جا کر سو رہوں۔ اگلی صبح جلد اٹھنا تھا کیوں کہ یار لوگوں کی ایک منڈلی سیر سپاٹے کی غرض سے ابوقیر جانے والی تھی اور مجھے بھی مدعو کیا گیا تھا۔

''کمرے میں پہنچ کر میں نے حسبِ معمول دن کے دوران میں پیش آنے والے واقعات پر غور کرتے ہوئے اِدھر اُدھر ٹہلنا شروع کیا لیکن دن میں جو کچھ ہوا تھا، وہ دلچسپی سے خالی تھا۔ مجھے غنودگی نے آ لیا اور

میں سونے کے لیے لیٹ گیا۔

''میں کوئی ڈیڑھ دو گھنٹے سویا ہوں گا۔ اس دوران میں کوئی خواب دکھائی نہیں دیا۔ خیال آتا ہے کہ آدھی رات کے گھنٹے بھر بعد سڑک پر ہونے والے کسی شور سے میری آنکھ کھل گئی تھی، اور کوئی خواب دیکھنا مجھے یاد نہیں۔ ڈیڑھ بجے کے قریب مجھے دوبارہ نیند آ گئی۔ اور پھر یوں لگا جیسے کوئی درمیانے قد کا آدمی جو چالیس کے پیٹے میں ہوگا، میرے کمرے میں آیا ہے۔ وہ کالے رنگ کے ذرا پرانے سے کپڑوں اور تنکوں کا بنا ہوا ہیٹ پہنے تھا۔ بائیں ہاتھ میں انگوٹھی تھی جس میں بہت بڑا زمرد جڑا ہوا تھا۔ مجھے یوں محسوس ہوا جیسے یہ انگوٹھی خاص طور پر اس کے باقی حلیے سے مطابقت نہ رکھتی ہو۔ اس کی کالی داڑھی میں کہیں کہیں سفید دھاریاں تھیں اور دیکھنے کا انداز عجیب تھا کہ چتون سے بیک وقت تمسخر بھی ٹپکتا تھا اور غمگینی بھی۔ بہرحال، مجموعی طور پر وہ خاصا عام سا آدمی دکھائی دیتا تھا۔ بالکل اس جیسے آدمی بار بار دیکھنے میں آتے ہیں۔ میں نے دریافت کیا کہ اسے مجھ سے کیا کام ہے۔ اس نے بلا تامل جواب نہ دیا بلکہ منٹ بھر مجھے گویا شبہے کی نظر سے دیکھتا رہا، یا شاید اطمینان کرنا چاہتا تھا کہ اس سے کوئی بھول چوک تو نہیں ہوئی۔ پھر اس نے بولنا شروع کیا۔ اس کا لہجہ مسکین اور خوشامدانہ تھا۔

''مجھے معلوم ہے آپ غریب ہیں۔ میں آپ کو امیر ہونے کا طریقہ بتانے آیا ہوں۔ پومپئی کی لاٹھ کے پاس مجھے ایک جگہ کا پتہ ہے جہاں بہت بڑا خزانہ گڑا ہوا ہے۔ اس خزانے سے مجھے خود کچھ نہیں چاہیے۔ صرف لوہے کی ایک صندوقچی لوں گا جو خزانے کی بالکل تہہ میں رکھی ہوئی ہے۔ باقی جو ہے وہ سارے کا سارا آپ کا ہوگا۔''

''اور اس بہت بڑے خزانے میں کیا کیا ہے؟'' میں نے دریافت کیا۔

''اشرفیاں ہیں،'' وہ بولا۔ ''لیکن اصل بات یہ ہے کہ جواہرات ہیں۔ دس یا بارہ سونے کے صندوق ہیں جو ہیروں اور موتیوں اور میرے خیال میں،'' جیسے ہو کچھ یاد کرنے کی کوشش کر رہا ہو، ''نیلموں سے پُر ہیں۔''

''میں حیران ہوا کہ جو کچھ اس کو درکار ہے، اسے لینے کے لیے آخر وہ خود ہی کیوں چلا جاتا اور اسے میری ضرورت کیوں پڑ گئی۔ میں سوال کرنے بھی نہ پایا تھا کہ اس نے جواب دیا، ''میں آپ کے خیالوں کو پڑھ سکتا ہوں۔ آپ حیران ہیں کہ جو کچھ مجھے درکار ہے وہ میں خود ہی جا کر کیوں نہیں لے آتا؟ اس کی ایک وجہ ہے جو میں آپ کو بتا نہیں سکتا۔ اس سے یہ کام میرے بس کا نہیں۔ بعض کام ایسے ہیں جنھیں ابھی میں بھی نہیں کر سکتا۔''

'میں بھی' کہتے ہوئے اس کی آنکھوں میں ایک طرح کی چمک پیدا ہوئی اور ثانیے بھر کے لیے اس کے وجود پر ایک مہیب شوکت طاری ہو گئی جیسے اس کی کایا پلٹ گئی ہو۔ لیکن فوراً ہی اس نے وہی مسکین انداز دوبارہ اختیار کر لیا۔

''یوں آپ میرے ساتھ چل کر مجھ پر بڑا احسان کریں گے۔ مجھے کسی آدمی کی اشد ضرورت ہے اور میں نے آپ کو اس لیے چنا ہے کہ میں آپ کا خیر خواہ ہوں۔ کل مجھ سے ملیے۔ میں دوپہر بارہ بجے سے سہ پہر چار بجے تک اس کیفے میں آپ کا انتظار کروں گا جو زقاق صغیر لوہاروں کی ہٹیوں کے پاس واقع ہے۔''

''اتنا کہہ کر وہ غائب ہو گیا۔

''صبح جب میں جاگا تو یہ خواب میرے ذہن سے بالکل محو ہو چکا تھا۔ لیکن جب نہا دھو کر ناشتہ کرنے بیٹھا تو ذہن میں تازہ ہو گیا اور بہت ہی عجیب معلوم ہوا۔ 'کاش یہ حقیقت ہوتا' میں نے دل میں کہا اور دوبارہ اسے بھول گیا۔

''میں اس ٹولی کے ساتھ ہو لیا جو سیر سپاٹے کی غرض سے دیہات جا رہی تھی اور وہاں خوب گمت رہی۔ ہمارا خاصا بڑا گروہ تھا۔ کوئی تیس مرد عورت ہوں گے اور سب پر غیر معمولی شگفتگی غالب تھی۔ میں سیر کی تفصیلات میں نہیں جاؤں گا کیوں کہ وہ ہمارے موضوع سے کوئی تعلق نہیں رکھتیں۔''

یہاں میرے دوست ڈی نے کہا، ''اور انھیں بیان کرنے کی ضرورت بھی نہیں، کیوں کہ کم از کم مجھے تو وہ پہلے ہی معلوم ہیں۔ اگر مجھے غلط یاد نہیں تو اس سیر و تفریح میں تو میں بھی شریک تھا۔''

''تم بھی تھے؟ مجھے تمھارا ساتھ جانا یاد نہیں آ رہا۔''

''یہ وہی سیر نہیں جس کا بندوبست مارکوس جی نے کیا تھا اور جس کے فوراً بعد وہ ہمیشہ کے لیے انگلستان چلا گیا تھا؟''

''ہاں، یہ وہی سیر تھی۔ پھر تو تمھیں یاد ہوگا کہ ہم نے کتنے مزے لوٹے تھے۔ کیا کمال کا وقت تھا بلکہ کہنا چاہیے کہ ایسا وقت جسے بیتے مدتیں ہو چکیں۔ ہر کمال کا وقت مدتوں پہلے ہی کی بات لگتا ہے۔ لیکن میں اپنی کہانی کی طرف لوٹتا ہوں۔ سیر و تفریح سے واپس آیا تو بری طرح تھکا ہوا تھا اور دیر بھی خاصی ہو چکی تھی۔ مشکل سے کپڑے بدلنے اور کھانا کھانے کا وقت ملا۔ اس کے فوراً بعد میں چند دوستوں کے ہاں چلا گیا جہاں کچھ اس طرح کا اہتمام تھا کہ صرف گھر والے رات کو بیٹھ کر آپس میں تاش کھیلیں گے۔ میں وہیں ٹک گیا اور ڈھائی بجے تک تاش کھیلتا رہا۔ میں نے ڈیڑھ سو فرانک جیت لیے اور بہت خوش خوش گھر لوٹا۔ بالکل نچنت ہو کر بستر میں جا لیٹا۔ دن بھر گھومنے پھرنے اور اتنی دیر تک جاگتے رہنے کی وجہ سے ماندہ تو تھا ہی، فی الفور آنکھ لگ گئی۔

''لیکن میں ابھی سویا ہی تھا کہ ایک عجیب بات ہوئی۔ مجھے کمرے میں روشنی جلتی نظر آئی اور میں تعجب ہی کر رہا تھا کہ میں نے لیٹنے سے پہلے بجھایا کیوں نہیں کہ دور اُدھر سے جس طرف دروازہ تھا (میرا کمرہ خاصا بڑا تھا) ایک شخص نمودار ہوتا دکھائی دیا جسے میں فوراً پہچان گیا۔ اس نے وہی کالے کپڑے پہنے ہوئے تھے اور سر وہی تنکوں کا ٹوپ تھا۔ ویسے وہ خفا نظر آ رہا تھا اور مجھ سے کہنے لگا: ''میں کیفے میں دوپہر بارہ بجے سے چار بجے تک تمھارا انتظار کرتا رہا۔ تم آئے کیوں نہیں؟ میں نے تم پر ہُن برسانے کی پیشکش کی ہے اور تم ہو کہ ٹس سے مس نہیں ہوتے۔ آج سہ پہر میں اسی کیفے میں دوپہر سے چار بجے تک پھر تمھاری راہ دیکھوں گا۔ وہاں ضرور بالضرور پہنچ جانا۔''

''اتنا کہہ کر وہ پچھلی رات کی طرح نظر سے اوجھل ہو گیا۔

''لیکن اس بار میں دہشت زدہ ہو کر جاگ اٹھا۔ کمرے میں اندھیرا چھایا ہوا تھا۔ میں نے لیمپ روشن کیا۔ خواب اس قدر حقیقی زندہ اور تابندہ تھا کہ میں بالکل ہول زدہ اور حواس باختہ ہو کر رہ گیا۔ مجھ سے رہا نہ گیا اور

میں نے اٹھ کر دیکھا کہ دروازہ مقفل ہے یا نہیں۔ وہ ہمیشہ کی طرح مقفل تھا۔ گھڑی پر نظر ڈالی تو پتہ چلا کہ ساڑھے تین بجے ہیں۔ میں تین بجے سونے لیٹا تھا۔

''میں تم سے یہ چھپانا نہیں چاہتا اور نہ مجھے یہ تسلیم کرتے ہوئے کوئی شرمندگی محسوس ہوتی ہے کہ میں بری طرح سہم گیا تھا۔ مجھے آنکھیں بند کرنے سے ڈر لگ رہا تھا کہ مبادا نیند آتے ہی پھر اس طرفہ معجون ملاقاتی سے سابقہ پڑ جائے۔ میں اضطراب کے عالم میں کرسی پر جا بیٹھا۔ کوئی پانچ بجے کے قریب دن نکلنا شروع ہوا۔ میں نے کھڑکی کھولی اور سڑک پر رفتہ رفتہ بیداری کے آثار نمایاں ہوتے دیکھے۔ چند ایک دروازے کھل چکے تھے اور سب سے پہلے نکل پڑنے والے چند ایک گوالے اور نانبائیوں کے ٹھیلے آ جا رہے تھے۔ اجالے نے کسی نہ کسی طرح مجھے سکون بخشا۔ میں دوبارہ لیٹ گیا اور نو بجے تک سویا رہا۔

''جاگنے کے بعد جب میں نے ان خلجانوں کو یاد کیا جنھوں نے رات مجھے گھیر لیا تھا تو ان کی اثر انگیزی کی بیشتر شدت کافور ہونے لگی۔ حقیقت یہ ہے کہ میں دنگ رہ گیا کہ میں نے ہڑبڑا کر اپنا ایسا برا حال کر لیا تھا۔ ڈراؤنے خواب تو سبھی دیکھتے ہیں۔ میں بھی زندگی میں بہتیرے ڈراؤنے خواب دیکھ چکا ہوں۔ علاوہ ازیں جو کچھ میں نے دیکھا تھا، اسے تو ڈراؤنا خواب بھی مشکل ہی سے قرار دیا جا سکتا تھا۔ یہ درست تھا کہ میں نے وہی خواب دوبارہ دیکھا، لیکن اس سے ثابت کیا ہوا؟ پہلی بات تو یہ ہے کہ کیا میں نے واقعی دو مرتبہ خواب دیکھا؟ یہ بھی تو ہو سکتا ہے کہ میں نے اسی آدمی کو دوسری مرتبہ دیکھنے کا خواب ایک بار دیکھا ہو؟ اپنا چپتا احتیاط سے ٹٹولنے کے بعد میں نے یہ خیال رد کر دیا۔ اس میں کوئی شک نہ تھا کہ خواب میں پرسوں رات دیکھ چکا تھا۔ پھر بھی یہ ایسی کون سی انہونی بات تھی؟ بظاہر پہلے خواب نے اپنی زندہ تابی کے باعث مجھ پر بہت گہرا اثر مرتب کیا ہو گا، اسی بنا پر وہ مجھے دوبارہ دکھائی دیا۔ خیر یہاں پہنچ کر میری منطق ذرا لڑکھڑانے لگی۔ اصل میں مجھے یاد نہ آتا تھا کہ پہلے خواب نے مجھ پر کوئی خاص تاثر چھوڑا ہو۔ اگلے پورے دن مجھے ایک لمحے کے لیے بھی اس کا خیال نہ آیا تھا۔ سیر و تفریح کے دوران میں، رات کو تاش کی پارٹی پر، اس خواب کے سوا میرے ذہن میں ہر وہ بات آئی جو سوجھ سکتی ہے۔ پھر ثابت کیا ہوا؟ کیا خوابوں میں اکثر وہ لوگ نظر نہیں آ جاتے جن سے ملے سالہا سال گزر چکے ہوتے ہیں یا جنھیں ہم نے مدتوں سے یاد بھی نہیں کیا ہوتا؟ معلوم ہوتا ہے کہ ان کی تمثال ہماری روح میں کہیں نہ کہیں نقش ہو جاتی ہے اور اچانک کسی خواب میں از سرِ نو عود کر آتی ہے۔ اگر میں نے چوبیس گھنٹے کے عرصے میں وہی خواب دوبارہ دیکھا، خواہ دن کے وقت وہ مجھے یاد بھی نہ رہا ہو تو اس میں حیرت کی کیا بات تھی؟ اس کے علاوہ میں نے اپنے آپ سے کہا کہ شاید کسی خفیہ خزانے کے بارے میں کچھ کہیں میری نظروں سے گزرا ہو جس نے میرے حافظے میں یہ گل کھلایا۔ لیکن بہتیری سوچ بچار کے باوجود اس طرح کا کوئی متن یاد نہ آ سکا۔

''آخر، سوچتے سوچتے تھک جانے کے بعد میں نے کپڑے بدلنے شروع کیے۔ مجھے ایک شادی میں شرکت کرنی تھی۔ ایک تو عجلت اور پھر یہ فکر کہ کیا پہنا جائے، چنانچہ خواب مکمل طور پر میرے ذہن سے دور ہو گیا۔ پھر میں نے ناشتہ کیا اور وقت گزارنے کے لیے جرمنی سے شائع ہونے والا ایک جریدہ، میرے خیال میں 'ہیسپورس'

پڑھتا رہا۔

''میں شادی میں شریک ہوا جہاں شہر کے بالائی طبقے کے سبھی چیدہ چیدہ لوگ جمع تھے۔ ان دنوں میرے مراسم بہت زیادہ تھے۔ چنانچہ شادی شادی کی رسم ادا ہونے کے بعد مجھے بے شمار بار یہ کہنے کی ضرورت پیش آئی کہ دلھن حسین ہے، گو ذرا سی پیلی نظر آرہی ہے اور دلھا نہایت عمدہ جوان ہے اور امیر بھی ہے اور یہ بھی ہے اور وہ بھی ہے۔ کوئی ساڑھے گیارہ بجے تقریب اختتام کو پہنچی اور وہاں سے اٹھ کر میں بلکلے اسٹیشن چلا گیا جہاں میرے سننے میں آیا تھا کہ ایک مکان دستیاب ہے اور میں چاہتا تھا کہ اگر ممکن ہو تو اسے قاہرہ میں مقیم ایک جرمن خاندان کے لیے، جو گرمیوں کے دن اسکندریہ میں گزارنے کا سوچ رہا تھا، کرائے پر حاصل کرلیا جائے۔ مکان فی الواقع بہت پُرفضا اور خوش قطع تھا مگر جتنا مجھے بتایا گیا تھا، اس کی بہ نسبت چھوٹا ثابت ہوا۔ تاہم نے مکان دارنی سے وعدہ کیا کہ لکھ دوں گا، مکان موزوں ہے۔ ڈھیر سارا شکریہ ادا کرنے کے بعد، میرے دل کو پانی کرنے کے لیے خاتون نے اپنی تمام اگلی پچھلی کلفتوں کا ذکر چھیڑ دیا اور بتایا کہ اس کے خدا بخشے میاں کا کیسے اور کب انتقال ہوا تھا اور یہ کہ وہ یورپ تک کا چکر لگا آئی تھی اور اس قماش کی عورت نہیں تھی جو اپنا مکان کرائے پر چڑھاتی رہتی ہو اور اس کا باپ فلانے پاشا کا، جس کا نام بھی اب مجھے یاد نہیں رہا، طبیب تھا، وغیرہ وغیرہ۔ اس فریضے سے فارغ ہو کر میں نے شہر کی راہ لی۔ کوئی ایک بجے اپنے فلیٹ پہنچا اور خوب ڈٹ کر نہار تناول کیا۔

کافی نوش کرنے کے بعد میں ایک دوست کی طرف چل دیا جس کا ہوٹل کیفے پارادیسو کے پاس تھا۔ مقصد یہ تھا کہ سہ پہر گزارنے کا کوئی بندوبست کیا جائے۔ اگست کا مہینہ تھا اور سورج آگ برسا رہا تھا۔ میں شارع شریف پاشا سے آہستہ آہستہ اترا، تاکہ پسینے میں شرابور ہونے سے بچا رہوں۔ دن کے اس وقت سڑک ہمیشہ سونی پڑی ہوتی تھی۔ راہ میں صرف ایک وکیل سے ملاقات ہوئی جسے میں نے محترم بے میں واقع زمین کے ایک مختصر سے قطعے کی فروخت کے بارے میں کاغذات تیار کرنے کے لیے کہہ رکھا تھا۔ ایک اچھی خاصی جائیداد کا، جسے میں اپنے بعض اخراجات پورے کرنے کی خاطر تھوڑا تھوڑا کر کے بیچتا رہا تھا، یہ قطعہ آخری جز تھا۔ وکیل تھا تو ایماندار آدمی، اور اسی لیے میری نظر انتخاب اس پر پڑی تھی، مگر باتونی حد سے زیادہ تھا۔ اس کی الا بلا باتیں سننے کی بجائے، جن کی بے لطفی سے دماغ پلپلا ہو کر رہ جاتا تھا، کسی دھوکے باز کے ہاتھوں تھوڑا سا چرکا کھا لینا بہتر ہوتا۔ ذرا سا اشارہ ملتے ہی اس نے ایک لامتناہی تقریر شروع کردی۔ تجارتی قانون اور رومی قانون پر بات کی، جستی نیان کو بھی بیچ میں گھسیٹ لیا، ان پرانے پرانے مقدموں کا حوالہ دیا جو اس نے سمرنا میں لڑے تھے، خود کو سراہا، ہزار ہا الم غلم باتوں کی گرہیں کھول ڈالیں اور حد یہ کہ میرے گریبان کی لوٹ پکڑ لی، اور یہ ایسی حرکت ہے جس کی میں بالکل تاب نہیں لاسکتا۔ میں نے اس احمق کی بک بک صرف اس لیے برداشت کی کہ ہر تھوڑے سے وقفے کے بعد جب اس کا زور تکلم ٹوٹتا، میں اس فروخت کے حوالے سے، جس پر میں نے اتنا زیادہ تکیہ کر رکھا تھا، کوئی نہ کوئی سوال کرلیتا۔ اس کاوش میں مجھے اپنے راستے سے ہٹنا پڑا مگر میں اس سے چمٹا ہی رہا۔ قونصلات خانے پر واقع اسٹاک ایکسچینج کے ساتھ پیدل چلنے والوں کے لیے بنے بغلی راستے پر چلتے چلتے ہم ایک چھوٹی گلی میں مڑ گئے جو زقاق صغیر

سے جاملتی تھی اور آخر کار اس گلی کے بیچ میں پہنچتے پہنچتے میں نے وہ تمام معلومات حاصل کر لی جس کی مجھے ضرورت تھی۔ ادھر وکیل کو بھی نزدیک کہیں رہنے والے کسی موکل سے ملنا یاد آ گیا اور اس نے رخصت چاہی۔ میں لمحہ بھر رک کر اسے واپس جاتے دیکھتا رہا اور میں نے اس کی یا وہ گوئی کو کوسا جس کی وجہ سے اس قدر تیز دھوپ اور گرمی میں مجھے بھٹک کر ادھر آنا پڑا تھا۔

''میں کیفے پارادیسو جانے کے لیے مڑا ہی چاہتا تھا کہ یکا یک مجھے یہ عجیب سالگا کہ میں زقاق صغیر آ نکلا ہوں۔ میں نے خود سے سوال کیا کہ کیوں، اور پھر مجھے اپنا خواب یاد آ گیا۔ 'اسی جگہ کو تو خزانے کے نامی گرامی مالک نے ہماری وعدہ گاہ قرار دیا تھا،' میں سوچا، مسکرایا اور ارادے کے بغیر سر گھما کر اس طرف نظر ڈالی جدھر لوہاروں کی بھٹیاں تھیں۔

''ارے غضب! وہاں پر واقعی ایک چھوٹا سا قہوہ خانہ تھا اور وہ بھی سچ مچ وہاں بیٹھا ہوا تھا۔ یہ دیکھ کر پہلا اثر تو یہ ہوا کہ مجھے چکر آنے لگا۔ لگتا تھا جیسے میں دھڑام سے گرا ہی چاہتا ہوں۔ میں نے ایک بساطی کے کھوکھے سے ٹیک لگا کر دوبارہ نظر ڈالی۔ وہی کالے کپڑے، وہی تنکوں کا ٹوپ، وہی خدوخال، وہی تیور۔ اور وہ آنکھیں جھپکائے بغیر میری طرف دیکھ رہا تھا۔ میرے اعصاب اس طرح کھچ گئے جیسے کسی نے رگ و پے میں پگھلا ہوا لوہا انڈیل دیا ہو۔ خیال تو کرو، عین دوپہر کا عمل، لوگ باگ لاتعلقی کے عالم میں یوں آ جا رہے تھے جیسے انھیں احساس ہی نہ ہو کہ کوئی غیر معمولی بات ہو رہی ہے؛ جب کہ مجھے، صرف مجھے معلوم تھا کہ صورت حال انتہائی دہشت ناک ہو چکی ہے اور یہ کہ سامنے ایک پریت بیٹھا ہے جو نہ جانے کن قوتوں کا حامل ہے اور خدا جانے عالم بالا کے کس کھونٹ سے، کون سے سقر سے، کس اندھے پاتال سے وارد ہوا ہے۔ یہ سوچ کر میرے ہاتھ پیروں میں دم نہ رہا۔ مجھ پر لرزہ طاری ہو گیا۔ پریت ٹکٹکی باندھ کر مجھے دیکھ رہا تھا۔ اب مجھے اس ہول نے آ لیا کہ کہیں ایسا نہ ہو کہ وہ اٹھ کر میرے پاس چلا آئے۔ مجھ سے بات کرے، مجھے ساتھ ہی لے جائے! اگر نوبت یہاں تک پہنچی تو پھر انسانی کس بل کا کیا پیش چلے گا؟ میں چھلانگ مار کر ایک کرایہ گاڑی میں سوار ہو گیا اور کوچوان کو بہت دور کا کوئی پتہ بتایا، اب یاد نہیں کہاں کا؟

''جب میرے حواس کچھ مجتمع ہوئے تو میں نے دیکھا کہ ہم سِیدی جابر پہنچنے ہی والے ہیں۔ اب، ذرا کل پڑنے کے بعد، میں نے اس معاملے پر غور و خوض شروع کیا۔ کوچوان کو شہر واپس چلنے کا حکم دیا۔ میں سوچ رہا تھا؛ 'میرا دماغ چل گیا ہے۔ صاف ظاہر ہے کہ مجھے دھوکا ہوا۔ خواب میں نظر آنے والے شخص سے مشابہت رکھنے والا یہ آدمی کوئی اور ہو گا۔ اس امر کو پایۂ ثبوت تک پہنچانے کے لیے مجھے واپس جانا چاہیے۔ احتمال کلی طور پر یہی ہے کہ اب تک وہ جا چکا ہو گا جس سے یہ بات ثابت ہو جائے گی کہ وہ کوئی اور تھا، کیوں کہ خواب میں دکھائی دینے والے نے تو چار بجے تک انتظار کرنے کا کہا تھا۔'

''یہی سوچتا بچارتا میں زی زی نیا تھیٹر تک جا پہنچا اور وہاں میں نے اپنے پورے حوصلے کو بروئے کار لا کر کوچوان سے کہا کہ وہ مجھے زقاق صغیر لے چلے۔ جب ہم کیفے کی طرف بڑھے تو میرا دل دھک دھک کر رہا تھا بلکہ

لگتا تھا کہ پاش پاش ہونے کو ہے۔ کیفے سے تھوڑی دور پر گاڑی رکوانے کے لیے میں نے کوچوان کی بانہہ اس زور سے کھینچی کہ وہ اپنی نشست سے گرتے گرتے بچا۔ وجہ یہ تھی ہم کیفے کے بہت نزدیک، ضرورت سے زیادہ نزدیک، آ پہنچے تھے؛ اس لیے بھی کہ وہ آسیب بدستور وہاں بیٹھا تھا۔

''اب میں نے، اس توقع پر کہ شاید اس کے حلیے اور خواب میں آنے والے آدمی کے حلیے میں کوئی فرق نظر آ جائے، اس کا بغور جائزہ لینے پر خود کو آمادہ کیا، حالاں کہ یہ جاننے کے لیے کہ وہ کون ہے، اس کے سوا اور ثبوت ہی کیا درکار تھا کہ میں گاڑی میں بیٹھا بیٹھا اسے ایسے چبھتے ہوئے انداز میں گھور رہا تھا کہ کوئی اور ہوتا تو میری حرکت کو اولو قرار دے کر مجھ سے وضاحت طلب کیے بغیر نہ رہتا۔ برا ماننا تو کجا، اس نے بھی جواباً مجھے اتنے ہی چبھتے ہوئے انداز میں گھورا۔ اس کے چہرے کی کیفیت سے عیاں تھا کہ وہ اس فیصلے کے بارے میں فکرمند ہے جو مجھے کرنا تھا۔ ایسا لگتا تھا کہ وہ میرے خیالات اسی طرح پڑھ رہا ہے جس طرح اس نے انھیں خواب میں پڑھ لیا تھا۔ اس غرض سے کہ مجھے اس کی شناخت کے بارے میں کوئی شبہ باقی نہ رہے، اس نے اپنا بایاں ہاتھ میری طرف کر کے وہ زمردیں انگوٹھی، جو مجھے پہلے خواب میں اتنی کھٹکی تھی، بے محابا انداز میں دکھائی اور میں ڈرا کہ یہ حرکت کہیں کوچوان کو بھی متوجہ نہ کر لے۔

''دہشت کے مارے میری چیخ نکل گئی اور میں نے کوچوان سے کہا، جسے اب اپنی سواری کے بارے میں تشویش لاحق ہو چکی تھی، کہ مجھے رملہ بولیوار لے چلو۔ میرے سامنے ایک ہی مقصد تھا اور وہ یہ بہت دور نکل جاؤں۔ رملہ بولیوار پہنچ کر میں نے اسے سان استیفانو کا رخ کرنے کو کہا لیکن جب دیکھا کہ وہ ہچکچایا اور منھ ہی منھ میں بڑبڑا رہا ہے تو میں اتر پڑا اور اس کا حساب چکا دیا۔ میں نے ایک اور گاڑی روکی اور کہا کہ مجھے سان استیفانو پہنچایا جائے۔

''میں بالکل آشفتہ حال وہاں پہنچا۔ کسینو کے بڑے کمرے میں داخل ہوتے ہی آئینے میں اپنے چہرے پر نظر پڑی، جو لاش کی طرح زرد تھا، تو سہم کر رہ گیا۔ خوش قسمتی سے کمرہ خالی پڑا تھا۔ ایک تخت نما صوفے پر جا پڑنے کے بعد میں نے سوچنا چاہا کہ اگلا قدم کیا اٹھایا جائے۔ گھر واپس جانا تو ناممکن تھا۔ اس کمرے میں دوبارہ قدم رکھنے کا سوال ہی پیدا نہ ہوتا تھا جس کے آر پار وہ رات کے وقت، کسی مافوق الفطرت سائے کی طرح، کھسکتا چلا آیا، وہی جسے میں نے ابھی ابھی عام آدمی کا روپ دھارے ایک عام سے کیفے میں بیٹھے دیکھا تھا۔ میرے استدلال میں کوئی وزن نہ تھا، کیوں کہ ظاہر ہے کہ میں کرۂ ارض پر کہیں بھی چلا جاتا، وہ میری کھوج لگا لینے کی قدرت رکھتا تھا۔ لیکن کچھ عرصے سے میرے خیالات میں بے ربطی نمایاں ہو چکی تھی۔

''بالآخر میں نے طے کیا کہ محرم بے جا کر اپنے دوست جی وی کو تلاش کرتا ہوں۔''

''کون سا جی وی؟'' میں نے پوچھا۔ ''وہ خبطی تو نہیں جو اپنا وقت سحر و ساحری کے مطالعے میں گزارا کرتا تھا؟''

''وہی۔ اور میں نے اسے چنا بھی کچھ اسی لیے کہ وہ سحر و ساحری کا مطالعہ کرتا تھا۔ میں ٹرین پر کیسے

سوار ہو، اس ڈر کے مارے کہ وہ پریت کہیں دوبارہ میرے پہلو میں نمودار نہ ہو جائے، کسی جنونی کی طرح دائیں بائیں گھورتا ہوا، محرم بے کیسے پہنچا، جی وی کے کمرے میں کیسے داخل ہوا، یہ سب باتیں گڈ مڈ حالت میں مجھے دھندلی دھندلی یاد ہیں۔ بس ایک ہی یاد بالکل واضح ہے اور وہ یہ کہ اس کے پاس پہنچ کر جب میں نے اپنا ہولناک تجربہ گوش گزار کرنا شروع کیا تو دیوانہ وار رو رہا تھا اور مجھ پر سر سے پاؤں تک کپکپی طاری تھی۔ جی وی نے مجھے تسلی دی اور نیم سنجیدہ اور نیم مزاحیہ انداز میں کہا کہ رونے کی ضرورت نہیں اور یہ کہ پریت کو کبھی اس کے گھر میں قدم رکھنے کی جرأت نہ ہوگی اور اگر وہ آیا بھی تو فوراً اٹھا کر باہر پھینک دیا جائے گا۔ کہنے لگا کہ وہ اس قسم کے مافوق الفطرت پرچھاؤں سے خوب واقف ہے اور انھیں بڈارنے کا طریقہ بھی جانتا ہے۔ اس نے بہ منت یہ یقین بھی دلایا کہ اب اور خوف زدہ ہونے کی ضرورت نہیں، کیوں کہ پریت ایک خاص مقصد سے میرے پاس آیا تھا۔ وہ لوہے کی صندوقچی کا طلب گار تھا جسے بظاہر کسی آدم زاد کی موجودگی اور مدد کے بغیر حاصل نہ کر سکتا تھا۔ اس کی تدبیر ناکام ہو گئی تھی۔ وہ میری دہشت زدگی دیکھ کر سمجھ گیا ہوگا کہ کامیابی کی کوئی امید باقی نہیں رہی۔ بلاشبہ وہ اب کسی اور کو پھسلانے کی کوشش کرے گا۔ جی وی کو صرف یہ افسوس تھا کہ میں نے اس سے بروقت رابطہ کیوں نہ قائم کیا تاکہ وہ جاکے پریت سے ملتا اور بات چیت کرتا، کیوں کہ اس نے وضاحت کی، آسیبوں کی تاریخ میں ان ارواح یا شیاطین کی دن دہاڑے موجودگی انتہائی غیر معمولی ہے۔ ان باتوں سے میرا اطمینان نہ ہوا۔ میں ساری رات بہت بے چین رہا اور صبح جاگا تو مجھے بخار چڑھا ہوا تھا۔ ڈاکٹر کی جہالت اور میرے اعصابی نظام کی برانگیختگی کی وجہ سے سرسام ہو گیا، اور میں مرتے مرتے بچا۔ جب ذرا افاقہ ہوا تو میں نے پوچھا کیا دن ہے۔ میں اگست کی تین تاریخ کو بیمار پڑا تھا اور یہی سمجھ رہا تھا کہ اگست کی سات یا آٹھ تاریخ ہوگی۔ ستمبر کی دو تاریخ تھی۔

''بحرائیگایوس کے ایک جزیرے جاکر تھوڑی مدت قیام کرنے سے میں نہ صرف زیادہ جلد بلکہ مکمل طور پر صحت یاب ہو گیا۔ میں نے علالت کی پوری مدت جی وی کے ہاں گزار دی۔ جیسا کہ تم دونوں جانتے ہو، وہ ہمدرد آدمی ہے۔ اس نے بڑی شفقت سے میری تیمارداری کی۔ وہ اس بات پر خود سے خفا تھا کہ اس نے جرأت کردار کا مظاہرہ کر کے ڈاکٹر کو چلتا کیوں نہ کر دیا اور میرا علاج صرف جادو سے کیوں نہ کیا۔ اگر ایسا کیا جاتا تو مجھے یقین ہے کہ، کم از کم اس معاملے میں، جادو کی مدد سے بھی میں بہرطور اتنی جلد تندرست ہو جاتا جتنا وقت ڈاکٹر کے علاج نے لیا تھا۔

''تو یہ بات تھی دوستو! لاکھوں میں کھیلنے کا ایک موقع مجھے ملا، بس میں ہمت نہ دکھا سکا۔ میں ہمت نہ دکھا سکا اور مجھے کوئی پچھتاوا نہیں۔''

اتنا کہہ کر الیگزینڈر خاموش ہو گیا۔ اس کے بیانیے کے مکمل تیقن اور سادگی نے رائے زنی کی کوئی گنجائش ہی نہ چھوڑی تھی۔ ہم کہتے بھی تو کیا کہتے۔ علاوہ ازیں، اب رات کے بارہ بج کر ستائیس منٹ ہو چکے تھے اور شہر کے لیے آخری ٹرین چونکہ ساڑھے بارہ بجے چھوٹتی تھی، اس لیے ہمارے پاس اس کے سوا چارہ نہ تھا کہ شب بخیر کہیں اور بھاگم بھاگ چل دیں۔

نرم گھاس

لیوگی پراندیلو (اٹلی)

ترجمہ: وجاہت مسعود

لیوگی پراندیلو (۲۸ جون ۱۸۶۷ء-۱۰ دسمبر ۱۹۳۶ء) اٹلی کے ڈرامہ نگار، شاعر، ناول نگار اور افسانہ نویس تھے۔ انھیں ۱۹۳۴ء میں نوبل انعام برائے ادب سے نوازا گیا۔

وجاہت مسعود پاکستانی کالم نگار ہیں۔ وہ روشن خیال ہیں۔ اعلیٰ درجے کی زبان لکھتے ہیں۔ سماجی مسائل اور رویوں پر کبھی کبھار لکھتے ہیں لیکن جب بھی لکھتے ہیں، کمال کر دیتے ہیں۔ ان کا مطالعہ اور یادداشت حیرت انگیز ہے۔

سب لوگ ساتھ والے کمرے میں اس سے یہ پوچھنے گئے کہ کیا وہ تابوت پر ڈھکن رکھے جانے سے قبل اپنی بیوی کا آخری دیدار کرنا چاہتا ہے۔ وہ ایک بڑی سی کرسی پر سو رہا تھا۔

''بہت اندھیرا ہے۔ کیا وقت ہوا ہے؟'' اس نے پوچھا۔

صبح کے ساڑھے نو بج رہے تھے مگر بادلوں کے باعث روشنی بہت کم تھی۔ جنازے کے لیے دس بجے کا وقت رکھا گیا تھا۔

سینور پادری سپاٹ آنکھوں سے سب کو گھورتا رہا۔ یقین نہیں آتا تھا کہ وہ رات بھر ایسی اچھی نیند سویا رہا تھا۔ ابھی تک نینداور گزشتہ چند روز کے صدمے سے وہ ماؤف سا ہو رہا تھا۔ اس کا دل چاہا کہ آنکھوں پر ہاتھ رکھ کر مدھم روشنی میں کرسی کے گرد کھڑے ہمسایوں سے اپنا چہرا چھپالے۔ مگر دیر تک سونے سے سارا جسم سیسے کی طرح بھاری ہو رہا تھا۔ اس کے پنجوں میں کھڑا ہونے کی اکساہٹ پیدا ہوئی مگر فوراً ہی دم توڑ گئی۔ اس کے منہ سے اچانک بلند آواز میں ایک لفظ نکلا: ''ہمیشہ۔''

اس کا لہجہ ایسا تھا گویا کوئی کسمسا کر پھر سے چادر منھ پر ڈال لے اور سو جائے۔ سب سوالیہ نگاہوں سے اس کی طرف دیکھ رہے تھے۔ 'ہمیشہ' کیا؟

وہ کہنا چاہتا تھا کہ دن کے وقت بھی ہمیشہ اندھیرا ہی چھایا رہتا تھا مگر پھر یہ بات اسے بڑی بے معنی لگی۔ بیوی کی موت سے اگلا دن اس کی تدفین کا دن۔ وہ ہمیشہ اس ملگجی روشنی اور گہری نیند کو یاد رکھے گا اور یہ حقیقت کہ ساتھ والے کمرے میں اس کی بیوی کی میت رکھی تھی، غالباً کھڑکیاں!۔۔۔ کھڑکیاں ابھی تک بند ہیں۔ انھیں رات کو کھولا گیا تھا۔ بڑی بڑی موم بتیوں سے رات بھر موم ٹپکتی رہی تھی اور ابھی تک کمرے میں کچھ حرارت موجود تھی۔ نعش کو چارپائی سمیت کمرے میں لے جایا جا چکا تھا۔ اب زردی مائل سفید ساٹن کے کفن میں ملبوس اکڑی ہوئی اور راکھ راکھ نعش گدے دار تابوت میں رکھی تھی۔

نہیں نہیں بہت ہو چکا۔ میں اس کا چہرہ دیکھ چکا ہوں۔ اس نے آنکھیں موند لیں جو پچھلے کئی دنوں سے مسلسل رونے کے باعث جل رہی تھیں۔ بہت ہو چکا۔ اس نیند میں سب کچھ ڈھل چکا۔ دکھ بھرے خلا کا اک احساس تو ضرور ہے مگر دکھ کی چبھن کند ہو چلی ہے۔ بس اب یہ لوگ تابوت کو بند کر دیں اور اس میں رکھی میری متاعِ حیات کو لے چلیں۔

''مگر وہ ابھی تک برابر والے کمرے میں پڑی ہے۔'' کوندے کی طرح ایک خیال لپکا۔

وہ اچھل کر کھڑا ہو گیا اور لڑکھڑاتے ہوئے دروازے کی طرف بڑھا۔ انھوں نے اس کے بازو تھام لیے۔ اس کی آنکھیں نیم بند ہو رہی تھیں۔ وہ اسے کھلے ہوئے تابوت کی طرف لے چلے۔ اس نے آنکھیں کھول کر اسے دیکھا اور اس کا نام لے کر اسے پکارا۔ صرف وہی اسے اس نام سے پکارا کرتا تھا۔ ایک ساتھ گزری ہوئی زندگی کے سارے رنگ اس نام سے وابستہ تھے۔ اس نے غصے سے اردگرد کھڑے لوگوں پر ایک نظر ڈالی جو اس کی مردہ بیوی کو دیکھ رہے تھے۔ وہ اس عورت کے متعلق کیا جانتے تھے؟ وہ تو یہ اندازہ بھی نہیں لگا سکتے تھے کہ اس سے کیا چیز چھن گئی تھی۔ وہ چیخنا چاہتا تھا۔ اس کے تاثرات دیکھ کر اس کا بیٹا آگے بڑھا تا کہ اسے تابوت سے پرے لے جائے۔ بیٹے کا مقصد جان کر ایک سرد لہر اس کے جسم میں دوڑ گئی۔ اسے لگا جیسے وہ اس ہجوم میں ننگا ہو گیا ہو۔ اسے اپنے جذبات حتیٰ کے رات کی نیند پر بھی خجالت محسوس ہوئی۔ بس اب جلدی کرنا چاہیے تا کہ جو دوست جنازے کے ساتھ گرجا گھر تک جانا چاہتے ہیں، انھیں زیادہ انتظار نہ کرنا پڑے۔

''جانے دو پاپا، ہوش کرو۔''

خفگی بھری مگر رحم آلود نظریں لیے دکھ زدہ شخص پھر سے اپنی کرسی کی طرف بڑھ گیا۔

ہاں۔ ہوش کرنا چاہیے۔ اندر سے اُبلتے دکھ پر چلانا بے کار تھا۔ اس اذیت کو الفاظ یا افعال میں بیان نہیں کیا جا سکتا تھا۔ اس شوہر کے دکھ کا جس کی محبت ابھی زندہ ہو اور بیوی بچھڑ جائے، اس بیٹے کے دکھ سے مقابلہ نہیں کیا جا سکتا جس کے لیے عمر کے ایک خاص حصے میں یتیم ہونا فطری بات ہوتی ہے۔ بیٹے کے لیے تو یہ موت بہت بروقت تھی۔ وہ اب شادی کرنے ہی والا تھا۔ تین ماہ کا سوگ ختم ہونے پر وہ شادی کر لے گا، اب تو اس کے

پاس ایک جواز بھی تھا کہ باپ بیٹے کو گھر کے کام کاج کے لیے ایک عورت کی ضرورت تھی۔

''پادری! پادری!''

باہر والے کمرے سے کوئی پکار رہا تھا۔ یہ جان کر وہ اور بھی سرد پڑ گیا کہ اس کی بجائے اس کے بیٹے کو اس نام سے پکارا جا رہا تھا۔ آج کے بعد بیٹا ہی اس خاندانی نام کا زیادہ حق دار ہوگا۔ یہ یاد کر کے اسے سخت ندامت محسوس ہوئی کہ سب کے سامنے اس نے اپنی بیوی کا محبت کا نام پکار کر گویا اس کی بے حرمتی کی تھی۔ تھی نا، احمقوں والی بات۔ بالکل بیکار۔ رات بھر کی نیند نے گویا اس کی عقل پر پردے ڈال دیے تھے۔

اب جینے میں اس کی صرف ایک ہی دلچسپی باقی تھی۔ اسے تجسّس تھا کہ گھر کا نیا بندوبست کیسا ہوگا۔ مثال کے طور پر اب وہ اسے کہاں سلائیں گے؟ بڑا والا ڈبل بیڈ تو پہلے ہی اس کے کمرے سے ہٹایا جا چکا تھا۔ کیا اسے چھوٹا پلنگ ملے گا۔ اس کے بیٹے والا پلنگ اور اس کے ڈبل بیڈ پر اس کا بیٹا اپنی بیوی سے ہاتھ بھر کے فاصلے پر سوئے گا۔ وہ خود اپنے چھوٹے سے پلنگ پر بازو پھیلائے گا تو سرد ہوا کے سوا کچھ ہاتھ نہ آئے گا۔

مختلف چیزیں اس کے بے بس ہوتے ذہن میں گڈمڈ ہو رہی تھیں۔ اس کے اندر اور باہر خلا کی سی کیفیت تھی۔ دیر تک بیٹھے رہنے سے جسم سُن ہو رہا تھا۔ اسے یقین سا ہو رہا تھا کہ اگر اس نے کھڑا ہونے کی کوشش کی تو اس خلا میں اس کا جسم پروں کی طرح ہلکا ہوگا۔ اس کی زندگی اپنی حقیقت کھو چکی تھی۔ اس میں اور اس کی کرسی میں شاید ہی کوئی فرق باقی بچا ہو۔ پھر بھی کرسی چاروں ٹانگوں پر اعتماد سے کھڑی تھی اور خود اسے کچھ خبر نہیں تھیں کہ اس کے پاؤں اور ٹانگیں کہاں تھے یا یہ کہ وہ اپنے ہاتھوں کا کیا کرے۔ اب اسے اپنی زندگی کی پرواہ بھی کہاں تھی۔ اسے تو اب دوسروں کی زندگی سے بھی کوئی خاص واسطہ نہیں رہا تھا مگر پھر بھی جینا پڑے گا۔ نئے سرے سے ایسی زندگی کی آغاز کرنا ہوگا، جس کا کوئی دھندلا سا خاکہ بھی اس کی ذہن میں نہیں تھا۔ ایسی زندگی جس کے بارے میں وہ کبھی سوچنا بھی گوارا نہ کرتا، اگر اس کی دنیا یوں بدل نہ چکی ہوتی۔ وہ بے بس سا ہو رہا تھا۔ بوڑھا تو نہیں مگر جوان بھی تو نہیں رہا تھا۔

مسکرا کر اس نے کندھے اچکائے، یوں اچانک ہی وہ بیٹے کے لیے بچہ بن گیا تھا۔ مگر ہر کوئی جانتا ہے کہ جوان بیٹوں کے لیے باپ بچے ہی تو بن جاتے ہیں۔ امنگوں سے بھرے جوان بیٹے جو کامیابی سے زندگی میں آگے ہی آگے بڑھتے چلے جاتے ہیں اور باپ فارغ بیٹھے اس خدمت کی وصولی کرتے ہیں جو انھوں نے اولاد کی بچپن میں کی تھی۔

مگر اکیلا پلنگ ۔۔۔

اور پھر انھوں نے اسے وہ چھوٹا کمرہ بھی نہ دیا جو کبھی بیٹے کے پاس ہوتا تھا۔ انھوں نے کہا کہ اس کے بجائے صحن کے ایک کونے میں چھپے ہوئے ایک کمرے میں اسے زیادہ آزادی محسوس ہوگی۔ وہاں جو چاہے گا کر سکے گا۔ اس کمرے میں انھوں نے بہترین فرنیچر لا کر رکھ دیا تا کہ کسی کو یہ احساس نہ ہو کہ کبھی اس کمرے میں ملازم رہا کرتا تھا۔

شادی کے بعد گھر میں سامنے والے تمام کمرے نئے فرنیچر اور نت نئے سامان سے اچھی طرح سجا دیے گئے حتیٰ کہ قالین بھی بچھائے گئے۔ گھر میں ایک بھی نشانی ایسی نہ چھوڑی جو پرانے دنوں کی یاد دلاتی۔ نوجوان جوڑے کی زندگی سے الگ تھلگ، چھوٹے سے تاریک کمرے میں اپنے پُرانے فرنیچر کے درمیان بھی وہ بے چین رہتا تھا۔ تاہم حیران کن طور پر اسے یوں پُرانے فرنیچر کے ساتھ اس کمرے میں پھینکے جانے کی بے عزتی پر کوئی خفگی نہیں تھی۔ اسے گھر کی نئی ترتیب پسند تھی اور بیٹے کی کامیابی پر اطمینان تھا۔

اس اطمینان کی ایک گہری گو قدرے غیر واضح وجہ بھی تھی۔ ایک اور زندگی کی امید۔ روشن اور رنگا رنگ زندگی کی امید جو گزرے دنوں کی یاد کو محو کرتی جا رہی تھی۔ اس کے دل میں کہیں یہ امید چھپی تھی کہ اسے بھی ایک نئی زندگی مل سکتی تھی۔ لاشعوری طور پر اسے کھول سکتا تھا، اب جب کہ کسی کو اس کی پرواہ نہیں تھی اور اسے اپنے چھوٹے سے کمرے میں من مرضی کرنے کے لیے چھوڑ دیا گیا تھا، یہ سب بھی آسان لگتا تھا۔ وہ ہوا سے بھی زیادہ ہلکا پھلکا محسوس کرتا تھا۔ اس کی آنکھوں کی چمک ہر شے کو رنگ بخشتی حیرت کے دروازے کھول رہی تھی گویا وہ سچ مچ پھر سے بچہ بن گیا ہو۔ بچوں کی طرح زندگی سے بھرپور کھلی ہوئی آنکھوں سے وہ ایسی دنیا کا مشاہدہ کر رہا تھا جو اس کے لیے بالکل نئی تھی۔

اس نے صبح اٹھ کر سیر کے لیے جانے کی عادت ڈال لی۔ یوں وہ تعطیلات کے ہر دن کا آغاز کرتا اور یہ تعطیلات اتنی ہی طویل تھیں جتنی اس کی باقی ماندہ زندگی۔ تمام ذمہ داریاں ختم ہو چکی تھیں۔ چنانچہ اس نے اپنے اخراجات کے لیے پنشن میں سے ہر مہینے کچھ رقم اپنے بیٹے کو دینے کا فیصلہ کر لیا۔ یہ رقم نہایت معمولی تھی۔ اگرچہ اسے پیسوں کی ضرورت نہیں رہی تھی مگر اس کے بیٹے کا خیال تھا کہ اسے اپنی ضروریات کو پورا کرنے کے لیے کچھ نہ کچھ رقم اپنے پاس رکھنا چاہیے تھی۔ مگر کیسی ضروریات؟ اسے تو یہی اطمینان کافی تھا کہ وہ زندگی کا مشاہدہ کر رہا تھا۔

تجربے کے بھاری بھرکم بوجھ سے نجات حاصل کرنے کے بعد اسے بڑوں کی دنیا کے آداب بھول گئے تھے۔ وہ جہاں تک ممکن ہوتا ان سے دامن بچاتا، نوجوان لڑکے اسے بہت بوڑھا سمجھتے تھے، اس لیے وہ بچوں کے پارک جا کر بیٹھا رہتا۔

چنانچہ اس نے نئی زندگی کا آغاز سبزہ زار میں گھاس پر کھیلتے بچوں کے درمیان کیا۔ گھاس کی خوشبو میں عجیب جادو تھا۔ درختوں کے پیچھے بہتی کسی جھرنا کی آواز میں پتوں کی سرسراہٹ سنائی دیتی تھی۔ یکا یک بچوں نے اپنے کھیل کو بھول کر جوتے اور جرابیں اتار دیں۔ تازہ اور نرم گھاس اس میں ننگے پاؤں ڈبونے میں کتنا لطف تھا۔

اس نے بھی ایک جوتا اتار ڈالا اور چپکے چپکے دوسرا جوتا اتار رہا تھا کہ ایک نوجوان لڑکی اس کے سامنے آ گئی۔ اس کا چہرہ تمتما رہا تھا۔

''سور!'' وہ شعلے برساتی آنکھوں سے چلا کر بولی۔

لڑکی کے لباس کا سامنے والا حصہ جھاڑی میں الجھ کر اوپر اٹھا ہوا تھا۔ اس نے جلدی سے اسے کھینچ کر ٹانگوں کے برابر کیا کیوں کہ زمین پر بیٹھا بوڑھا شخص اسے دیکھ رہا تھا۔

وہ سُن ہو کر رہ گیا۔ اس لڑکی نے کیا سوچا تھا۔ وہ تو صرف بچوں کے معصوم کھیل سے لطف اندوز ہونا چاہ رہا تھا۔ جھک کر اس نے دونوں ہاتھ اپنے ننگے اور کھردرے پیروں پر رکھ دیے۔ آخر اس لڑکی نے ایسی کیا غلط بات دیکھ لی تھی۔ کیا وہ بوڑھا تھا کہ گھاس پر ننگے پاؤں چلنے کی بچوں جیسی مسرت بھی حاصل نہیں کر سکتا تھا؟ کیا بوڑھا ہونے کا مطلب یہ تھا کہ آدمی صرف برائی ہی کے بارے میں سوچ سکتا تھا؟ اگر وہ چاہتا تو ایک لمحے میں بچے سے مرد کا روپ دھار سکتا تھا۔ آخر وہ ابھی جوان تھا گو وہ اس بارے میں سوچنا نہیں چاہتا تھا۔

اس نے بالکل بچہ بن کر اپنے جوتے اتارے تھے، اس کم بخت لڑکی نے اس طرح اس کی توہین کر کے کیسی غلطی کی تھی۔ وہ اوندھے منھ گھاس پر لیٹ گیا۔ اس کے دُکھ، صدمے اور روزمرہ کی تنہائی نے اس واقعے کو جنم دیا تھا، جسے دیکھیے تو صرف گھٹیا بدظنی کا مظاہرہ تھا۔ اس کے غصے میں نفرت اور تلخی آتی گئی۔ اگر وہ ایسا چاہتا؛ اس کا بیٹا بھی مانتا تھا کہ اس کی کچھ 'خواہشات' ہو سکتی تھیں، تو اس کے پاس ایسی ضروریات کے لیے وافر رقم موجود تھی۔

غضب ناک ہو کر وہ اُٹھ بیٹھا۔ جھینپتے ہوئے، کانپتے ہاتھوں سے اس نے دوبارہ جوتے پہنے۔ اس کے جسم کا سارا خون اس کے سر میں اکٹھا ہو گیا تھا۔ آنکھوں کے پیچھے خون کی گردش میں حرارت آ گئی تھی۔ ہاں مجھے معلوم ہے ایسے کاموں کے لیے کہاں جاتے ہیں۔ میں جانتا ہوں۔

کچھ دیر دم لے کر وہ اٹھ کھڑا ہوا اور گھر کی طرف چل دیا۔ کمرے میں اِدھر اُدھر ٹھنسے ہوئے سامان کے درمیان (جو لگتا ہے اسے پاگل کرنے کے لیے وہاں رکھا گیا تھا) اس نے خود کو پلنگ پر گرا دیا اور دیوار کی طرف منھ پھیر لیا۔

احمق بوڑھا

البرٹو موراویہ (اٹلی)

ترجمہ: اعجاز راہی

البرٹو موراویہ (۲۸ نومبر ۱۹۰۷ء-۲۶ ستمبر ۱۹۹۰ء) اٹلی کے نامور ناول نگار اور صحافی تھے۔ ان کے ناول وجودیت، سماجی ہم آہنگی اور جدید جنسیت جیسے موضوعات کی از سر نو دریافت پر مشتمل ہیں۔

ڈاکٹر اعجاز راہی ۱۵ اپریل ۱۹۴۲ء کو پشاور میں پیدا ہوئے۔ آپ پروفیسر، ریسرچ اسکالر، مدیر، افسانہ نویس، نقاد، کالم نگار اور مترجم ہیں۔

اپنی زندگی کے عین شباب میں اگر کوئی شخص رنگین مزاجی کا غیر معمولی شکار رہا ہو تو اسے قطعی احساس نہیں ہوگا کہ وقت کب دبے پاؤں بہت آگے نکل گیا اور اسے عمر کے اس حصہ میں پھینک دیا گیا ہے جہاں جنس مقابل میں سے کوئی بھی اسے باپ سمجھنے لگے یا اس سے بھی بدتر یعنی دادا۔ اور ادھیڑ عمر کے مرد کے لیے تو یہ باور کرنا اور بھی مشکل ہوتا ہے کہ اب اس میں کوئی چیز باقی نہیں رہی جس سے دوسروں کو متاثر کیا جا سکے۔ وہ اس لیے کہ اس کے سامنے بڑھاپے کا کوئی تصور موجود نہیں ہوتا۔ دراصل وہ دو شخصیتوں میں بٹا ہوتا ہے۔ اندر اور باہر کی شخصیت دو متضاد سمتوں میں سفر کرتی ہیں۔ مثلاً ظاہری شخصیت میں جھریوں کی طرف بڑھتے چہرے بے نور ہوتی آنکھوں، سفید بالوں اور ٹوٹے دانتوں پر کھڑی ہوتی ہے، جب کہ اس کے اندر کا دوسرا شخص بدستور تر و تازہ چہرے، روشن آنکھیں، موتی کی لڑیوں جیسے دانتوں کے ساتھ خود کو بدستور گلستان جوانی میں ہی محسوس کرتا ہے۔ اس کی یہ اندر والی شخصیت ہی ہوتی ہے جو ہر گزرتی عورت کے جسم کے قوس گننے پر مجبور کر دیتی ہے اور وہ دل ہی دل میں لڑکی کو اپنے لیے انتخاب کرتی ہے؛ اور ٹھیک اسی وقت دوسری طرف لڑکی سوچ رہی ہوتی ہے۔

”یہ بوڑھا بجو مجھ سے کیا چاہتا ہے کیا اسے نظر نہیں آتا کہ وہ میرے دادا کے برابر ہے۔“

ہماری دکان جہاں میں گزشتہ تیس برسوں سے بال تراشنے کا کام کر رہا ہوں، گزشتہ ماہ سے خاصی کشادہ کر دی گئی تھی۔ آئینے اور واش بیسن کے ساتھ پوری دکان کو نیا رنگ بھی کیا گیا لیکن سب سے بڑی تبدیلی جو دکان میں آئی وہ ایک لڑکی کا اضافہ تھی، دکان کے مالک کو چھوڑ کر ہم تین آدمی کام کرتے تھے۔ ۲۵ سالہ اماتو، سیاہ فام سنجیدہ نوجوان جو پہلے کسی پریس میں کام کر چکا تھا۔ دوسرا گنجا پستہ قد اور موٹا گیسپ جو مجھ سے پانچ سال بڑا تھا اور تیسرا میں۔ جیسا کہ عام طور پر ہوتا ہے، جہاں تمام مرد کام کرتے ہیں، اگر قریب ہی کوئی عورت آجائے تو پھر وہ توجہ کا مرکز بن جاتی ہے۔ ہمارے ہاں بھی یہی ہوا، ہم تینوں ایک دوسرے کی نظریں بچا کر اس کو دیکھنے میں زیادہ وقت صرف کرنے لگے تھے۔

للّی ایک عام سی لڑکی تھی جیسی عموماً روم میں ہوتی ہیں۔ اسمارٹ اچھے نقوش کے ساتھ خود پسند اور بس۔ ہاں یہ بات میں آپ کو بتاتا چلوں کہ میں ایک خوبصورت شخص ہوں، متناسب جسم، لمبا قد، زرد لیکن جذبات سے بھرا چہرہ، دوسروں کو متاثر کرنے کی صلاحیت سے بھرپور آنکھیں اور جو چیز میری شخصیت میں سب سے زیادہ پُرکشش ہے، وہ سرخی مائل بھورے گھنگریالے بال ہیں جو روم کے مخصوص کٹ الانا زرانہ اسٹائل میں بنے ہوئے ہیں اور جن کی کٹی لٹیں میرے ماتھے پر لہراتی رہتی ہیں، کبھی کبھی یہ چنار کے درختوں کی طرح شعلے معلوم ہوتی ہیں۔ میں خوش لباسی میں ایک ذوق رکھتا ہوں۔ کام ختم کرنے کے بعد میں اپنا سرجنوں جیسا سفید کوٹ اتارتا، جو میں کام کے وقت پہنا کرتا۔ بہترین ٹائی اور اسکارف اور کوٹ کے لیے میچنگ رومال کا انتخاب کرتا۔ یہ قطعی حیران کن بات نہیں کہ جنس مخالف کے لیے مجھ میں خاصی کشش تھی اور جواباً میں بھی بازو وا کیے رہتا۔

للّی کے حوالے سے جو شخص میری پریشانی کا سبب بن سکتا تھا، وہ اماتو تھا۔ گو وہ بہت خوبصورت یا سوشل نہ تھا مگر جوان تھا اور مجھ سے آگے بڑھ سکتا تھا۔ اور جہاں تک گیسپ کا تعلق تھا، میں نے اسے کبھی اپنے مدمقابل شمار ہی نہیں کیا کیوں کہ وہ صرف عمر میں مجھ سے بڑا نہ تھا، بلکہ مایوس کن شخصیت کا مالک بھی تھا۔

للّی تمام وقت اپنے کام والے آئینے کے قریب اسٹول پر بیٹھی بلا حرکت اپنے ناخن کترتی یا ان دو تین اخبارات کا بار بار مطالعہ کرتی رہتی، جو دکان میں آتے تھے اور اس کا یہ سلسلہ گاہک کے آنے پر ختم ہوتا اور اس کے جانے کے بعد دوبارہ شروع ہو جاتا۔ شاید جبلی طور پر، نہ چاہتے ہوئے بھی میری نظریں بار بار اس کی طرف اٹھ جاتیں اور یہ سلسلہ ایک تسلسل کے ساتھ مختلف انداز میں جاری رہتا۔ مثلاً جب کوئی گاہک آتا، میں ایک پیشہ ورانہ مسکراہٹ کے ساتھ اس کا استقبال کرتا اور ساتھ ہی میری نظریں للّی پر جا کر رک جاتیں۔ کسی کے بال کاٹنے کے بعد شیمپو کرتے ہوئے جب دونوں ہاتھوں سے اس کے سر پر لگے صابن کو دھو رہا ہوتا، تو اچانک وہ میری نظروں کا محور بن جاتی۔ کسی گاہک کے لمبے بال تراشتے ہوئے جب قینچی چلانے کے لیے اس کی کوئی لٹ اپنی انگلیوں میں دباتا تو اس کا خاموش چہرہ نظروں میں بھر جاتا یا پھر وہ کسی گاہک کے بال تراشنے، یا شیو بنانے کے لیے اوزار لینے کبورڈ کی طرف جاتی تو آئینے میں میری نظریں اس کا تعاقب کرتی رہتیں۔ مجھے احساس ہے کہ للّی کسی روایتی

شرمیلے پن یا رنگین مزاجی دونوں سے دور تھی۔ تاہم اس کی خاموشی اور بے اعتنائی کا انداز بے حسی کی حد تک محتاط کا حامل تھا۔ وہ مجھے ایک ایسی بڑی سی بلی لگتی، جو بظاہر آنکھیں موندے سو رہی ہوتی۔ پہلے پہل مجھے یوں لگا جیسے وہ میری حرکات سے آگاہ ہے مگر اس پر اس نے کوئی تاثر نہیں دیا۔ پھر کچھ ہی عرصے بعد اس نے ایسا تاثر دیا جیسے وہ میری نظروں کے تعاقب سے آگاہ ہے۔ اور پھر ایسا ہوا کہ میری نظریں بے مراد نہیں لوٹ رہیں، بلکہ اب اس کی نظر التفات سے محروم نہیں رہا وہ بھی اسی انداز سے مجھے دیکھتی ہے جیسے میں اسے۔ یہ تو ظاہر ہو چکا تھا کہ وہ میری حرکت سے ناراض نہیں، مگر پسند کا کوئی حوالہ بھی سامنے نہیں آیا۔ لیکن تا بہ کہ یہ سلسلہ آگے بڑھنا ہی تھا۔ میری کوششیں، جس میں میرے ارادے کا دخل نہیں تھا، ثمر بار ہوئیں، اور پھر ایک ویک اینڈ پر میں نے اوسٹیا بیچ پر چلنے کی دعوت دے دی۔ یعنی آنے والے اتوار کی شام کو۔ اس نے فوری طور پر دعوت قبول کر لی، مگر ساتھ ہی یہ شرط بھی عائد کر دی کہ اسے للّی کے کاسٹیوم پر کوئی اعتراض نہیں ہوگا، کیوں کہ وہ کچھ فربہ ہو گئی ہے اور اب اس کا کاسٹیوم قدرے تنگ ہو گیا ہے۔ اس نے مزید کہا کہ اصلاً ایک جگہ بغیر حرکت کے بیٹھے رہنے سے وہ کچھ موٹی ہو گئی ہے۔ اور یہ اس لڑکی کی بات تھی جو حیلہ جوئی یا لگی لپٹی سے بے نیاز تھی اور میں اسی لیے اسے پسند کرتا تھا۔

دوسرے دن ملاقات کی جگہ سان پالو کا ریلوے اسٹیشن قرار پائی اور میں نے روانہ ہونے سے قبل خوب تیاری کی۔ میں نے بڑی احتیاط سے شیو بنائی اور منھ دھونے کے بعد اعلیٰ درجے کا ٹالکم پاؤڈر لگایا، بالوں کو اس خوبصورتی سے کنگھی کی کہ کوئی بال ادھر اُدھر نہ رہ جائے۔ پھر میں نے اپنے سر اور رومال پر خوشبو لگائی۔ میں کھلے کالروں والی قمیص اور سفید رنگ کی پتلون پہن رکھی تھی۔

للّی وقت کی پابند ثابت ہوئی اور ٹھیک دو بجے ایک ہجوم کے درمیان سے وہ مجھے اپنی طرف آتی دکھائی دی۔ اس نے سفید لباس پہن رکھا تھا۔ وہ کچھ فربہ اور کم قد نظر آئی مگر جاذبِ نظر اور دلکش۔

''کس قدر رش ہے۔'' اس نے آتے ہی کہا۔

اور میں اس بات سے پریشان تھا کہ اب ہمیں تمام راستے کھڑے ہو کر سفر کرنا پڑے گا مگر میں اپنی فطرت میں دلیر آدمی تھا، میں نے اس سے کہا کہ میں تمھارے لیے ضرور کوئی سیٹ تلاش کر لوں گا۔ اسی لمحے ٹرین اسٹیشن میں داخل ہوئی اور پلیٹ فارم پر کھڑے لوگوں میں ہلچل مچ گئی۔ ہر ایک اونچی آواز میں بول رہا تھا اور ایک دوسرے کو آوازیں دے رہا تھا۔ میں تیزی سے ٹرین کے دروازے کی طرف بڑھا۔ میں نے خود کو ہجوم سے اوپر کر لیا اور یہی ایک لمحہ تھا جب میں اندر داخل ہو سکتا تھا۔ اسی لمحے ایک سیاہ فام نوجوان نے مجھے دھکا دیا اور مجھے پیچھے دھکیلنے کی کوشش کی۔ میں نے جواباً اسے زوردار انداز میں دھکیلا اور اس سے آگے ہو گیا۔ اس نے میرا بازو پکڑ کر دھکا دینے کی کوشش کی، مگر میں نے اپنی کہنی زور سے اس کے پیٹ میں دے ماری۔ میں نے خود کو چھڑایا اور کمپارٹمنٹ میں داخل ہو گیا۔ میں نے جلدی سے اپنا کاسٹیوم ایک سیٹ پر رکھ دیا اور ٹھیک اسی لمحے اس نے اپنی جیکٹ وہاں رکھ دی۔

اب ہم دونوں ایک دوسرے کے سامنے تھے۔

''میں نے اپنا کاسٹیوم پہلے رکھا ہے۔'' میں نے کہا۔
''کون کہتا ہے کہ تم نے پہلے رکھا ہے۔ میں نے پہلے جیکٹ رکھی ہے۔''
''تم نے نہیں۔ میں نے۔''
میں نے جیکٹ اٹھا کر اس کے منہ کی طرف اچھال دی۔ اسی لمحے للّی داخل ہوگئی اور بغیر کسی ہچکچاہٹ اور پریشانی کے سیٹ پر بیٹھ گئی۔
''شکریہ محترم!''
سیاہ فام نوجوان نے ایک نظر للّی پر ڈالی، پھر میری طرف دیکھا، اپنی جیکٹ سیٹ سے اٹھالی اور باہر جاتے ہوئے عجیب نفرت بھری نظروں سے مجھے دیکھتے ہوئے بولا۔ ''بے وقوف۔ احمق بوڑھا۔''
ٹرین ایک جھٹکے سے چلی اور جلد ہی ہوا سے باتیں کرنے لگی میں للّی کے قریب ہی کھڑا تھا۔ لیکن نوجوان کے جاتے ہوئے تین لفظ بے وقوف، احمق بوڑھا میرے ذہن میں ہتھوڑے کی طرح بجنے لگے؛ بے وقوف۔ احمق۔ بوڑھا۔ اوسٹیا بیچ پر جانے کا سارا جوش آہستہ آہستہ دم توڑنے لگا تھا۔ اچانک میرا جی چاہا کہ میں ٹرین سے اتر کر واپس لوٹ جاؤں۔ ''بوڑھا احمق۔'' یہ جملہ میرے لیے قطعی غیر متوقع تھا۔ سیاہ فام نوجوان کی نفرت بھری نظریں اور الفاظ میرے ذہن میں گھوم رہے تھے۔ مجھے بے وقوف اور احمق سے زیادہ تکلیف نہیں پہنچی کیوں کہ میں نے اسے زچ کیا تھا، لیکن بوڑھا کہنے کا کوئی جواز نہ تھا جیسے میری عمر 50 سال نہیں ۶۰ یا ۷۰ سال ہو۔ کیا وہ مجھے صرف احمق نہیں کہہ سکتا تھا۔ یا کم از کم احمق جوان ہی کہہ دیتا۔ اس کے احمق کہنے سے کوئی فرق نہیں پڑتا تھا، کیوں کہ للّی بہرطور مجھے ذہین آدمی ہی سمجھتی تھی۔
''احمق بوڑھا۔'' کاش میں اس سے جھگڑا نہ کرتا، ممکن تھا وہ مجھے بزرگ سمجھ کر خود ہی سیٹ دے دیتا۔ بزرگی کا لفظ آتے ہی معاً میرے ذہن میں خیال آیا کہ کیا میں اس کمپارٹمنٹ میں بیٹھے ہوئے ہر شخص سے بڑا ہوں؟ چھڑی کا سہارا لے کر چلنے والے دروازے کے قریب بیٹھے ہوئے میاں بیوی سے بھی بڑا؟ آئینے کی عدم موجودگی میں میرے دونوں ہاتھ خود بخود میرے چہرے کی طرف اٹھ گئے۔ میں اندازہ لگانا چاہتا تھا کہ کیا سیاہ فام نوجوان ٹھیک کہہ رہا تھا۔ میں نے للّی کی طرف دیکھا، وہ حالات کی تبدیلی سے بے خبر پرسکون باہر دیکھ رہی تھی۔
ٹرین اسی رفتار سے آگے بڑھ رہی تھی، ابھی خاصی مسافت باقی تھی۔
''ساتھی! مجھے افسوس ہے تمھیں کھڑے ہو کر سفر کرنا پڑ رہا تھا۔''
''ہوں!'' میں نے لمبی سانس لی۔ ''جانتا ہوں کہ میں بوڑھا ہوں، لیکن اتنا بھی نہیں کہ گھنٹہ نصف گھنٹہ بھی نہ رہ سکوں۔''
مجھے یقین تھا کہ للّی اب نہیں بولے گی لیکن وہ حیرت سے بولی۔ ''ساتھی! تم بوڑھے۔ تم کیا کہنا چاہتے ہو؟'' میں نے کوئی جواب نہ دیا مگر میں جانتا تھا کہ میں نے ایک سچی بات کی ہے۔
آسٹیا پہنچنے کے بعد جب للّی کاسٹیوم پہن کر باہر آئی تو اس کا لباس اس قدر تنگ تھا کہ پورا جسم لباس

سے باہر نکلتا محسوس ہوا۔ اس کا جسم سنگِ مرمر کی طرح سفید، زندگی سے بھرپور اور اشتعال انگیز تھا۔ جوانی اس کے انگ انگ سے پھوٹ رہی تھی۔ اس نے سچ کہا تھا، اس کے بھاری جسم سے اس کا لباس چپک کر رہ گیا تھا۔

جب میں ہَٹ میں لباس تبدیل کرنے گیا، تو سب سے پہلے میں نے اپنا چہرہ دیوار پر لٹکے ہوئے آئینے میں دیکھا وہاں یقیناً ایک بوڑھا آدمی کھڑا تھا۔ پہلی نظر میں میری آنکھیں زندگی سے محروم اور چمک سے خالی تھیں۔ بالوں میں سفیدی اُتر چکی تھی، رخسار پچکے اور سرخی کھو چکے تھے۔ زرد دانت اور کھلے گریبان والی قمیص سے، جو جوانوں کا پہناوا ہے، مجھے شرمندہ کرنے لگی۔ جھریوں سے بھری جلد پر بڑھاپے نے اپنا رنگ بکھیر دیا تھا۔ گریبان کھلی شوخ رنگ قمیص عجب احساس شرمندگی پیدا کر رہی تھی۔ اس نے میری گردن کی تنی رگوں کو بے نقاب کر دیا تھا جو بڑھاپے میں ہو سکتی ہیں۔

پانی میں اُترنے کے بعد بڑھاپے کا احساس زیادہ گہرا ہوتا گیا۔ ہر آنے والی لہر میری سانس کو منتشر کر دیتی تھی۔ میں نے للّی سے کہا۔ ’’دیکھو، ہر لہر میری سانس اکھیڑ رہی ہے کیوں کہ میں بوڑھا آدمی ہوں۔‘‘

’’لیکن میں تو تمھیں ایسا نہیں سمجھتی۔‘‘

’’کیا مطلب؟‘‘

’’تمھاری عمر کے لوگ تو اس طرح سمندر میں اترنے کی جرأت بھی نہیں کر سکتے۔ یہ تو جوانوں کا کھیل ہے۔‘‘

اسی لمحے جھاگ سے لبریز ایک بڑی لہر ہمارے سروں سے گزر گئی، اچانک مجھے محسوس ہوا جیسے دو ریشمی باہیں میرے گرد حلقہ ڈال رہی ہیں۔

’’للّی!‘‘ میں چیخا۔ پانی جو میرے منھ میں بھر گیا تھا فوارے کی طرح اُبل پڑا۔ ’’للّی میں بہت بوڑھا ہوں۔ تمہارے باپ کی عمر کا۔ للّی۔‘‘

وہ پھر کھلکھلا پڑی اور دیر تک ہنستی رہی۔ اس کے گرد جھاگ نے حلقہ بنا لیا تھا۔ وہ سنگ مرمر کے چبوترے پر خوبصورت مجسمہ لگ رہی تھی۔ ’’باپ نہیں۔ چچا کہہ سکتے ہو۔‘‘

میں کچھ نہ بولا، عجیب احساس خجل میری سانس روک رہا تھا۔ میں کنارے کی طرف چل دیا۔ للّی بھی نہا چکی تھی۔ وہ بھی مجھ سے آگے آگے چلنے لگی۔ اس کا تنگ لباس بدن سے چپک گیا تھا اور وہ اسے کھینچ کھینچ کر ستر پوشی کر رہی تھی۔ پانی سے باہر آ کر اس نے خود کو ریت پر گرا لیا اور لوٹنے لگی۔ ریت کے لاکھوں ذرے اس کے بدن پر چمٹے چمک رہے تھے۔ اس کے انگ انگ سے ایک سرشاری جھانک رہی تھی۔ میں اس کے قریب ہی بیٹھا ہوا پژمردہ اور خاموش تھا۔

’’کیا تمھاری طبیعت ٹھیک نہیں۔‘‘

’’نہیں، ٹھیک ہوں۔ میں تمھارے بارے میں سوچ رہا ہوں۔ تم دکان میں کام کرنے والے تینوں میں سے کس کو پسند کرتی ہو؟‘‘

وہ کچھ دیر خاموش اور سنجیدگی کے ساتھ مجھے دیکھتی رہی۔ پھر مجھ پر ہی سوال کر دیا۔ ''میں تم تینوں میں سے تمھیں کیوں پسند کروں؟''

''اماتو جوان ہے۔'' میں نے اس کا سوال سنا ان سنا کر کے اس کی آنکھوں میں دیکھتے ہوئے کہا۔

''ہاں وہ جوان ہے۔''

''اور تمھیں پسند بھی کرتا ہے۔''

''اچھا! میں نے کبھی غور نہیں کیا۔'' پھر وہ ہنس پڑی۔ ''فضول باتیں سوچنے سے کچھ نہ سوچنا زیادہ بہتر۔ آؤ، واپس چلیں۔''

آدھے گھنٹے کے بعد ہم دونوں ایک خالی کمپارٹمنٹ میں آمنے سامنے بیٹھے خاموشی کے صحراؤں میں تنہا تنہا سفر کر رہے تھے۔ میں نے اب بھی کھلے گریبان والی قمیص پہن رکھی تھی، مگر میرے نزدیک اس کی کوئی اہمیت باقی نہیں رہ گئی تھی، میرے لیے ہر کھیل ختم ہو گیا تھا۔ میں بوڑھا جو ہو گیا تھا۔

دوسرے روز جب میں دکان پر آیا تو میری زندگی میں ناقابل یقین تبدیلی آچکی تھیں۔ میں نے سارا دن ایک بار بھی للّی یا کسی دوسری عورت کی طرف آنکھ اٹھا کر بھی نہیں دیکھا۔ میرے اس رویے پر للّی کے ساتھ سب ہی حیران تھے۔ اور دوبارہ للّی کی تحریک پر گفتگو تو ہوئی لیکن وہ رسمی باتوں سے آگے نہ بڑھ سکی۔ وقت گزرتا گیا۔ اسی دوران للّی اور گیسپ کے درمیان فاصلے کم ہوتے نظر آرہے تھے۔ دونوں میں رابطہ بڑھ گیا تھا۔ میرے اندازے کے مطابق دونوں کا تعلق باپ بیٹی سے زیادہ نہ تھا کیوں کہ میں نے بارہا گیسپ کی آنکھوں میں پدرانہ شفقت کو موجزن دیکھا تھا۔ پھر میں نے اپنے معمولات کی تبدیلی کے ساتھ غیر متعلق باتوں میں دلچسپی بھی ترک کر دی تھی، میں نے یہ طے کر لیا کہ وہ تمام حرکتیں جو جوانی میں جائز سمجھتا تھا، اس عمر میں ممنوع ہو جاتی ہیں۔ اب نہ مجھے رومال اور ٹائی کا انتخاب پریشان کرتا تھا اور نہ ہی سرخی مائل بھورے گھنگھریالے بال پلّے کی طرح سجاتا تھا۔

ایک شام جب دکان بند کر کے میں شوروم کی طرف اپنا اوور کوٹ اٹھانے کے لیے جا رہا تھا تو دوسرے کمرے سے دکان کے مالک نے آواز دی۔

''لونگی! اگر تم آج مصروف نہیں ہو تو آج کا کھانا ہمارے ساتھ کھاؤ۔''

''خیریت؟'' میں نے مسکراتے ہوئے کہا۔

''بھئی، میں سب کو بلوا رہا ہوں۔''

''آخر کیوں؟ اس کی ضرورت کیوں آن پڑی؟''

''بھئی، للّی اور گیسپ نے شادی جو کر لی ہے۔''

میں نے دکان کی دوسری طرف دیکھا۔ للّی ابھی تک اپنی میز کے قریب کھڑی مسکرا رہی تھی اور گیسپ دوسری طرف کھڑا اپنی چور نظروں سے ہماری طرف دیکھ رہا تھا۔ اچانک میرے اعصاب پر سے بوجھ اتر گیا۔ گیسپ مجھ سے بڑا تھا اور بدصورت بھی۔ للّی نے اسے اماتو پر ترجیح دی تھی۔ میں گیسپ کی طرف دوڑ کر گیا اور لپٹ

گیا۔

"مبارک ہو، بہت بہت مبارک۔"

پھر میں للّی کی طرف بڑھا اس کے رخساروں پر بوسہ دے کر اسے بھی مبارک دی، شاید میں اس دکان میں کام کرنے والا سب سے زیادہ خوش تھا کہ ان دونوں کی شادی نے میری سوچ پر پڑے بڑھاپے کے بھاری پتھر کو ہٹا دیا اور میں ایک بار پھر جوان ہو گیا تھا۔

لائبریری میں جنرل

اٹالو کالوینو (اٹلی)

ترجمہ: ظفر سید

اٹالو کالوینو، (۱۵ Italo Calvino اکتوبر ۱۹۲۳ء-۱۹ ستمبر ۱۹۸۵ء) ایک اطالوی فکشن رائٹر اور صحافی تھے۔ ان کے ادبی اسلوب کو 'پوسٹ ماڈرن حقیقت نگاری' کے زمرے میں رکھا جا سکتا ہے۔ وہ بیسیوں صدی کے اہم اطالوی مصنفین میں شمار کیے جاتے ہیں۔ ان کی تصنیفات میں سب سے زیادہ معروف، 'Our Ancestors' اور ناولوں میں 'Invisible Cities' رہیں۔ اٹالو کالوینو کا انتقال برین ہیمبرج سے ہوا۔

ظفر سید کا مختصر تعارف پہلے پیش کیا جا چکا ہے۔

مملکت خداداد 'پاندوریا' کے اعلیٰ حکام کے ذہنوں میں ایک دن ایک شک نے پنجے گاڑ دیے کہ کتابیں فوج کے وقار کے منافی خیالات سے اٹی پڑی ہیں۔

اصل میں بات یہ تھی کہ مقدمات اور تفتیش سے انکشاف ہوا تھا کہ یہ فکری رجحان پھیلتا جا رہا کہ جرنیل بھی غلطیاں کر کے تباہی کا باعث بن سکتے ہیں، اور یہ تصور کئی قدیم اور جدید، مقامی اور بدیسی کتابوں میں موجود تھا کہ جنگیں صرف درخشاں منزل کی سمت گھوڑوں پر سوار فوجی رسالوں کی شاندار یلغار ہی نہیں ہوا کرتیں۔

پاندوریا کے جنرل اسٹاف نے صورت حال کا جائزہ لینے کے لیے اجلاس طلب کیا۔ لیکن انھیں ٹھیک ٹھیک معلوم نہیں تھا کہ کہاں سے ابتدا کی جائے، کیوں کہ ان میں سے کوئی بھی کتابی معاملات میں زیادہ درک نہیں رکھتا تھا۔ آخر ایک سخت گیر اور محتاط افسر جنرل فیدینا کی قیادت میں ایک تحقیقاتی کمیشن قائم کیا گیا۔ کمیشن کے ذمے یہ کام لگایا گیا کہ وہ پاندوریا کی سب سے بڑی لائبریری میں تمام کتابوں کی چھان بین کرے۔

یہ لائبریری ایک قدیم عمارت میں قائم تھی جس میں جگہ جگہ ستون اور گھیردار زینے تھے۔ اس کی دیواروں سے پلستر اُکھڑ رہا تھا اور وہ کہیں کہیں سے بوسیدہ ہو چکی تھیں۔ عمارت کے یخ بستہ کمرے چھت تک کتابوں سے اٹااٹ بھرے تھے اور بعض حصے ناقابل رسائی ہو چکے تھے، جب کہ کچھ کونے کھدرے تو ایسے تھے جو صرف چوہوں کی دسترس میں تھے۔ پاندوریا کا ریاستی بجٹ فوج کے زبردست اخراجات کی وجہ سے لائبریری کو کسی قسم کی معاونت فراہم کرنے کے قابل نہیں تھا۔

نومبر کی ایک بھیگی ہوئی صبح فوج نے لائبریری کا انتظام سنبھال لیا۔ جنرل اپنے گھوڑے سے اترے۔ گٹھے ہوئے جسم کے مالک جنرل کی موٹی گردن منڈی ہوئی تھی اور ناک گیر عینک کے اوپر سے ان کی تیوری چڑھی ہوئی تھی۔ چار لمبے دبلے لفٹیننٹ کاروں میں سے نکلے۔ ان میں سے ہر ایک کے ہاتھ میں ایک بریف کیس تھا۔ ان کے ساتھ فوجیوں کا ایک دستہ تھا جس نے پرانے احاطے میں خیمے گاڑ دیے۔ وہ اپنے ساتھ خچر، بھوسے کے گٹھے، کھانے پکانے کا سامان، وائرلیس اور سنگل بھیجنے کے جھنڈے لائے تھے۔ دروازوں پر سنتری تعینات کر دیے گئے اور ساتھ ہی ایک نوٹس چسپاں کر دیا گیا جس میں لائبریری میں داخلے پر پابندی کا اعلان درج تھا جس کی وجہ بڑے پیمانے پر تعمیراتی کام بیان کی گئی تھی۔ یہ ایک ایسی مہم تھی جس کا صیغۂ راز میں رہنا اشد ضروری تھا۔ وہ دانشور جو منجمد ہونے سے بچنے کے لیے ہر صبح بھاری کوٹوں، گلوبندوں اور اونی ٹوپیوں میں ملبوس ہو کر لائبریری کا رخ کیا کرتے تھے، انھوں نے حیران ہو کر ایک دوسرے سے پوچھنا شروع کر دیا: ''لائبریری میں اس قدر بڑے پیمانے پر کی جانے والی اس کارروائی کا کیا مقصد ہے؟ کہیں یہ اس جگہ کا بیڑا نہ غرق کر دیں؟ اور یہ گھڑسوار فوج؟ کیا لائبریری کے اندر یہ گولیاں بھی چلائیں گے؟''

لائبریری کے عملے میں سے صرف بوڑھے سینیور کرسپینو ہی کو باقی رکھا گیا تاکہ وہ افسران کی رہنمائی کر سکیں کہ کتابیں کس ترتیب سے رکھی گئی ہیں۔ وہ پست قامت سے ملازم تھے اور ان کے سر کے وسط میں انڈے کی شکل کا گنج تھا۔ ان کے عینک کے موٹے شیشوں میں سے ان کی آنکھیں سوئی کے سروں کی طرح مہین نظر آتی تھیں۔

جنرل فیدیناکا سب سے پہلا قضیہ اس کارروائی کے انتظامی امور تھے۔ انھوں نے احکامات جاری کر دیے تھے کہ کمیشن تحقیقات مکمل ہونے تک لائبریری سے نہیں ہلے گا۔ یہ ایک ایسا کام تھا جس کے لیے بھرپور ارتکاز درکار تھا اور وہ کسی بھی صورت اپنی توجہ کو منتشر ہونے کی اجازت نہیں دے سکتے تھے۔ اس مقصد لیے وافر رسد حاصل کی گئی اور ساتھ ہی چند فوجی چولھے، سوختنی لکڑی اور کچھ غیر دلچسپ میگزین اکٹھے کیے گئے۔ اس سے پہلے لائبریری کبھی بھی سردیوں کے موسم میں اتنی گرم نہیں ہوئی تھی۔ جنرل اور ان کے افسروں کے لیے ایک محفوظ جگہ پر چارپائیاں بچھا دی گئیں جن کے اردگرد چوہے دان نصب کر دیے گئے۔

فرائض متعین ہوئے۔ ہر لفٹیننٹ کو علم کا ایک شعبہ اور تاریخ کی ایک مخصوص صدی تفویض کی گئی۔ جنرل جلدوں کی چھانٹی کے نگران تھے۔ ہر کتاب پر متعلقہ مہر لگنا تھی کہ آیا اسے افسران، نان کمیشنڈ افسران یا جوانوں

کے لیے موزوں قرار دیا گیا ہے یا پھر اس کی اطلاع فوجی عدالت کو دینی ہے۔

اور کمیشن نے اپنا مقرر کردہ کام شروع کر دیا۔ جنرل فیدینا ہر شام کو کیمپ کے وائرلیس پر ہیڈکوارٹر کو رپورٹ بھیجتے تھے کہ 'اتنی کتابوں کا معائنہ ہو چکا ہے۔ اتنی کتابوں کو مشکوک قرار دے کر ضبط کر لیا گیا ہے۔ اتنی کتابوں کو افسروں اور جوانوں کے لیے موزوں قرار دیا گیا ہے۔' ایسا شاذ و نادر ہی ہوتا تھا کہ معمول سے ہٹ کر کوئی اطلاع بھیجی جاتی؛ مثلاً کسی افسر کے لیے قریب کا چشمہ بھیجنے کی درخواست جس کا چشمہ ٹوٹ گیا تھا، یا یہ خبر کہ کسی خچر نے سِسرو کی کتاب کا ایک نادر نسخہ چر لیا ہے۔

تاہم ان سے کہیں بڑھ کر ایک اور اہم پیش رفت ہو رہی تھی، جس کے بارے میں کیمپ کے وائرلیس پر کوئی اطلاع نشر نہیں کی جاتی تھی۔ کتابوں کا جنگل بجائے پتلا ہونے کے اور بھی منتشر اور گنجلک ہوتا جا رہا تھا۔ اگر افسران کو سینیور کرسپینو کی مدد حاصل نہ ہوتی، وہ کب کا بھٹک چکے ہوتے۔ مثال کے طور پر لیفٹیننٹ ابروگاتی کوئی کتاب پڑھتے پڑھتے اچھل پڑتا اور اسے میز پر پٹخ کر کہتا: ''کیا واہیات کتاب ہے یہ! اس میں پیونک جنگوں کے تذکرے میں قرطاجنیوں کی خوبیاں بیان کی گئی ہیں اور رومنوں پر نکتہ چینی کی گئی ہے۔ اس کی اطلاع فی الفور بھیجی جانی چاہیے!'' (یہاں یہ کہنا ضروری ہے کہ پاندوریائی خود کو غلط یا صحیح طور پر رومنوں کے جانشین سمجھتے تھے۔) لائبریری کے بوڑھے منتظم نرم چپل پہنے خاموشی سے ان کے پاس پہنچے اور کہا، ''ایسی بات نہیں ہے۔ یہاں دیکھیے، یہاں رومنوں کے بارے میں مزید کچھ لکھا ہوا ہے، آپ اسے بھی اپنی رپورٹ میں شامل کر سکتے ہیں، اور یہ بھی اور یہ بھی۔'' انھوں نے کتابوں کا ڈھیر لگا دیا۔ لیفٹیننٹ نے اضطراب کے عالم میں ان کتابوں کے ورق الٹ پلٹ کر دیکھے اور پھر کوئی چیز دلچسپ پا کر پڑھنا شروع کی۔ ساتھ ہی ساتھ وہ نوٹس بھی لیتا جا رہا تھا۔ پھر وہ اپنا سر کھجاتے ہوئے بڑبڑایا: ''خدا کی قسم! انسان کیا کیا سیکھتا ہے! کس نے ایسا سوچا تھا!''

سینیور کرسپینو پھر لیفٹیننٹ لوچیتی کے پاس گئے جو ایک کتاب غصے سے بند کر کے کہہ رہا تھا: ''کس قسم کی کتاب ہے یہ! ان لوگوں کی جرأت دیکھو کہ صلیبی جنگوں کے محرکات کی پاکیزگی پر انگلی اٹھا رہے ہیں! جی ہاں، صلیبی جنگیں!'' اور سینیور کرسپینو نے مسکرا کر کہا: ''اوہ، لیکن دیکھیں اگر آپ نے اس بارے میں رپورٹ بھیجنی ہے تو مجھے چند اور کتابیں پیش کرنے کی اجازت دیجیے جو اس موضوع پر مزید تفصیل فراہم کرتی ہیں۔'' اور انھوں نے نصف شیلف جتنی کتابیں گھسیٹ کر سامنے ڈھیر کر دیں۔ لیفٹیننٹ لوچیتی آگے جھکا اور کتابوں میں غرق ہو گیا اور ایک ہفتے تک آپ اسے صفحے پلٹتے اور یہ بڑبڑاتے سن سکتے تھے: ''یہ صلیبی جنگیں، بہت خوب!''

شام کو پیش کی جانے والی کمیشن کی رپورٹ میں معائنہ کردہ کتابوں کی تعداد بڑھتی چلی گئی، لیکن اب اس میں ان کتابوں کے منفی یا مثبت ہونے کے بارے میں فیصلے نہیں شامل کیے جاتے تھے۔ جنرل فیدینا کی ربڑ کی مہر بیکار پڑی رہی۔ اگر وہ کسی لیفٹیننٹ کا کام دیکھتے وقت پوچھتے: ''تم نے یہ ناول کیوں منظور کیا؟ اس میں سپاہیوں کو افسروں سے بڑھا کر دکھایا گیا ہے۔ اس مصنف کو مراتب کا کوئی احساس نہیں ہے!'' لیفٹیننٹ دوسرے مصنفین کے حوالے دے کر جواب دیتا اور تاریخی، فلسفیانہ اور معاشی مسائل کو آمیز کر دیتا۔ اس سے کھلی بحث

شروع ہو جاتی جو گھنٹوں تک جاری رہتی۔ سلیپر پہنے خاموشی سے چلتے اپنی سلیٹی قمیص میں تقریباً نادید سینیور کرسپینو بھی درست موڑ پر آ کر بحث میں شامل ہو جاتے، اور کوئی ایسی کتاب پیش کر دیتے جس کے بارے میں ان کا خیال ہوتا کہ اس میں موضوعِ زیرِ بحث کے بارے میں دلچسپ معلومات درج ہیں۔ اس سے جنرل فیدینا کے نظریات ہمیشہ کمزور پڑ جاتے۔

اس دوران چونکہ جوانوں کے پاس کرنے کو کچھ نہیں تھا، وہ اُکتاہٹ کا شکار ہونے لگے۔ ان میں سے ایک جوان باربروسا سب سے زیادہ پڑھا لکھا تھا۔ اس نے افسروں سے کسی کتاب کی فرمائش کی۔ پہلے تو وہ اسے کوئی ایسی کتاب دینا چاہتے تھے جسے پہلے ہی جوانوں کے مطالعے کے لیے منظور کر لیا گیا ہو، لیکن یہ سوچ کر کہ ابھی ہزاروں کتابوں کی چھان بین باقی ہے، جنرل کو یہ بات گوارا نہیں تھی کہ سپاہی باربروسا کا وقت مطالعے میں ضائع ہو، اس لیے انھوں نے اسے ایک ایسی کتاب دے دی جس کا معائنہ ہونا ابھی باقی تھا۔ یہ ایک آسان سا ناول تھا جس کی تجویز سینیور کرسپینو نے دی تھی۔ باربروسا کو کتاب پڑھ کر جنرل کو رپورٹ دینا تھی۔ دوسرے سپاہیوں نے بھی درخواست کی کہ انھیں بھی ایسا ہی کام دیا جائے جو منظور کر لی گئی۔ سپاہی توماسو نے اپنے ایک ان پڑھ ساتھی کو بلند آواز سے پڑھ کر سناتا تھا اور پھر وہ ان پڑھ سپاہی اس پر رائے زنی کرتا تھا۔ سپاہی بھی افسروں کے بحث مباحثے میں شریک ہونے لگے۔

کمیشن کے کام کے بارے میں زیادہ معلوم نہیں ہو سکا۔ جاڑے کے طویل ہفتوں میں لائبریری کے اندر جو کچھ ہوتا رہا، اس کی رپورٹ نہیں بھیجی گئی۔ ہم صرف اتنا جانتے ہیں کہ جنرل فیدینا اب کبھی کبھار ہی اسٹاف ہیڈکوارٹر کو وائرلیس پر رپورٹیں بھیجتے تھے۔ کرتے کرتے یہ بالکل بند ہو گئیں۔ چیف آف اسٹاف کو تشویش لاحق ہوئی اور انھوں نے جلد سے جلد تحقیقات ختم کرنے اور تفصیلی رپورٹ پیش کرنے کا حکم دے دیا۔

لائبریری میں اس حکم کے ردِعمل میں متضاد جذبات دیکھنے کو ملے۔ ایک طرف تو وہ مسلسل نئی دلچسپیوں کی تسکین کے طریقے دریافت کر رہے تھے اور انھیں مطالعے میں تصور سے زیادہ لطف آنے لگا تھا۔ دوسری طرف وہ باہر کی دنیا میں شدت سے واپس جانا اور زندگی دوبارہ شروع کرنا چاہتے تھے۔ وہ زندگی جو اب انھیں کہیں زیادہ پیچیدہ محسوس ہونے لگی تھی، جیسے وہ ان کی نظروں کے سامنے نئی ہو گئی ہو، اور وہ دن تیزی سے قریب آتا جا رہا تھا جب انھیں لائبریری سے نکلنا پڑتا۔ اس حقیقت نے انھیں تشویش میں مبتلا کر دیا تھا، کیوں کہ انھیں اپنے مشن کی رپورٹ پیش کرنا تھی، اور ان کے ذہن میں تمام خیالات اُبل رہے تھے جس کی وجہ سے ان کی سمجھ میں نہیں آ رہا تھا کہ وہ اس مشکل سے کیسے چھٹکارا حاصل کریں گے۔

شام کے وقت وہ کھڑکیوں سے باہر شاخوں پر ڈھلتے سورج کی روشنی میں نئے شگوفے کھلتے دیکھتے تھے، پھر وہ راتوں کو شہر میں بتیاں بجھتے دیکھتے، اس دوران ان میں سے ایک بلند آواز میں شاعری پڑھ کر سناتا۔ فیدینا ان محفلوں میں شامل نہیں ہوتے تھے۔ انھوں نے احکامات جاری کر دیے تھے کہ انھیں اپنی میز پر تنہا چھوڑ دیا جائے تاکہ وہ حتمی رپورٹ مرتب کر سکیں، لیکن جوان بار بار گھنٹی بجتے اور انھیں ''کرسپینو! کرسپینو!'' پکارتے

سنتے۔ وہ بوڑھے لائبریرین کی مدد کے بغیر ایک قدم نہیں چل سکتے تھے۔ پھر وہ سب بھی رپورٹ لکھنے میں ان کی مدد کرنے ان کی میز پر جمع ہو گئے۔

ایک چمکیلی صبح کمیشن لائبریری سے نکلا اور چیف آف اسٹاف کو رپورٹ پیش کرنے حاضر ہو گیا۔ فیدینا نے تحقیقات کے نتائج جنرل اسٹاف کے اجلاس میں پیش کیے۔ ان کی تقریر آفرینش سے لے کر زمانۂ حال تک کی انسانی تاریخ کا لبِ لباب تھی جس میں ان تمام نظریات پر تنقید کی گئی تھی جنھیں پاندوریا کے دائیں بازو سے تعلق رکھنے والے عوام خارج از بحث سمجھتے تھے اور جنھیں حکمران طبقے نے قوم کے مصائب کا سبب قرار دیا تھا۔ ان نظریات کے تحت عوام کو غیر ضروری جنگوں اور غلط پالیسیوں کے ہدف کے طور پر ہیرو کے روپ میں پیش کیا جاتا تھا۔ یہ ایک منتشر تقریر تھی اور جیسا کہ اکثر اوقات ایسے لوگوں کے ساتھ ہوتا ہے جنھوں نے نئے نئے نظریات تسلیم کیے ہوں، اس میں باہم متضاد اور ضرورت سے زیادہ سادہ دلائل شامل تھے۔ لیکن اس کے مجموعی مطلب کے بارے میں کوئی شبہ نہیں تھا۔

اجلاس ہکا بکا رہ گیا اور اس کے شرکا کی آنکھیں حیرت سے پھٹ گئیں۔ جب ان کی قوت گویائی واپس آئی تو وہ چیخنے چلانے لگے۔ جنرل فیدینا کو تقریر مکمل نہیں کرنے دی گئی۔ ان کے کورٹ مارشل اور عہدے میں تنزلی کی باتیں ہونے لگیں۔ پھر کسی اسکینڈل سے بچنے کے لیے جنرل اور ان کے چار لیفٹیننٹوں کو خرابیِ صحت کی وجوہات کی بنا پر قبل از وقت پنشن دے کر گھر بھیج دیا گیا۔ ان کی رپورٹ میں لکھا گیا کہ 'فرائض کی انجام دہی کے دوران وہ شدید نروس بریک ڈاؤن کا شکار ہو گئے ہیں۔'

انھیں اب بھی سویلین لباس میں ملبوس، سردی میں منجمد ہونے سے بچنے کے لیے بھاری کوٹ اور موٹے سویٹر پہنے ہوئے پرانی لائبریری کی طرف جاتے ہوئے دیکھا جا سکتا ہے جہاں سینیور کرسپینو اپنی کتابوں سمیت ان کے منتظر ہوتے ہیں۔

ژالہ باری

جوسپ نوواکووچ (کروشیا)

ترجمہ: سید کاشف رضا

پہاڑی کی نیلی چٹان کے پس منظر میں بارش کے بڑے بڑے چمک دار قطرے زمین پر اتر رہے تھے۔ بارش کی تھپ تھپ کی آواز سے لطف اندوز ہوتے ہوئے حارث نے ابتدائی بدھ مت کا ایک سوتر یاد کیا: ''میں غصّے سے آزاد ہوں، ماتحتوں سے آزاد ہوں؛ میں ماہی کے کنارے پر ایک رات کی رات جی رہا ہوں؛ میرے گھر پر چھت نہیں، آگ بجھ چکی ہے۔ آؤ بارش، آؤ بادل، اگر تم ایسا ہی چاہتے ہو۔'' شاید اس کا مطلب تھا کہ پریشان نہ ہو اور بارش کا لطف اٹھاؤ؛ یا شاید یہ کہ اب جب کہ میں بے سپر ہوں، مجھ پر حملہ کرو اور دیکھو کہ مجھے اس کی کتنی پرواہ ہے۔

جب آسمان سے برستی ہوئی بوندیں اس کی پہاڑی کے قریب آئیں اور خود اس پر پڑیں، تبھی اسے احساس ہوا کہ یہ تو ژالہ باری ہو رہی ہے۔ سفید برف، چڑیا کے انڈوں جتنی۔ ایک لمحے کے لیے اس نے خیال آرائی کی کہ یہ ژالے چڑیا کے انڈے ہی ہیں جو پوری بوسنیائی قوم کی خوراک کا بندوبست کر سکتے ہیں (بس بات یہ ہے کہ بوسنیائی قوم پوری نہیں رہی تھی، بلکہ کبھی تھی ہی نہیں)۔ آپ انڈے اٹھائیں گے، انھیں اُبالیں گے اور ان کے نازک غلافوں کے اندر سے ہی انھیں تناول کر لیں گے۔ آسمان سے گرتی، پانی سے بھری کنکریوں کی قطار سے بچنے کے لیے وہ صنوبر کے درختوں کی چھتری تلے ہولیا۔

وہ کنول آسن میں بیٹھا ہوا تھا، صنوبر کے درختوں سے چپکی رال کی خوشبو اپنی سانسوں میں کھینچتا ہوا، جب کہ چبھتی ہوئی مٹی پر اس کی پتلون گیلی ہونے لگی۔ اس نے اپنے گیان دھیان کو ختم کرنے کے لیے 'اوم' کا لفظ ہونٹوں پر دھرا لیکن اپنا ذہن خالی کرنے اور اسے کائنات کے توازن سے ہم آہنگ کرنے کے بجائے وہ یہ سوچنے لگا کہ یہ کیسا اتفاق ہے کہ بجلی کی مزاحمت کرنے والا یونٹ بھی 'اوم' کی آواز رکھتا ہے۔ اس نے ازراہ تفنّن سوچا کہ اس کا دماغ ایک اوم میٹر ہے اور شاید کائنات کا توازن قدرت کی قوتوں کے ساتھ بہتے چلے جانے میں نہیں بلکہ ان

کی مزاحمت کرنے میں ہے۔ وہ درخت کی جھکی ہوئی شاخوں سے بچنے کے لیے جھکتا ہوا وہاں سے نکلا، سوئی جیسی نوکوں والے پتوں پر مشتمل شاخیں یسوع مسیح کے بازوؤں پر پھیلے کھلے ڈلے لباس سے ملتی جلتی تھیں، یا پھر وہ ڈھیلے ڈھالے کپڑے پہنے کوئی اور پیغمبر تھا جس نے بہت سے ہاتھ پھیلا رکھے تھے جیسے وہ ہندو دیوتا شیو بن چکا ہو۔ وہ حسن سے ٹکراتے ٹکراتے بچا، جس نے کہا، ''تم اپنے آپ سے باتیں کر رہے ہو؟''

ان کا سارجنٹ تمبا کو کا ذاتی بادل اوڑھے پاس سے گزرا۔

''یہ مسلمان ہونے کا کام بڑا سخت ہے،'' حسن نے کہا۔ ''ہمیں تو سلیوووٹز شراب (آلو بخارے سے بننے والی برانڈی جو بلقان کی ریاستوں میں بہت معروف ہے) میں غرق ہونا چاہیے تھا اور ہمیں ایک قطرے کی بھی اجازت نہیں!'' اس نے اپنی ناک کا باجا بجایا، جس کی پھُننگ جب اس کے انگوٹھے اور شہادت کی انگلی سے چھوٹی تو اس کا رنگ سفید و گلابی کے بجائے چمکتا ہوا سرخ ہو گیا۔ ''برانڈی کا ایک گھونٹ مجھے ٹھیک کر دے گا، قسم سے۔ کچھ لطیفے بھی چلیں گے۔ کیا تم مجھے کوئی اچھا سا لطیفہ سنا سکتے ہو؟''

''ہم مم۔ ابھی مجھے کوئی مزے دار سا یاد نہیں آ رہا۔''

''تمھیں نہیں یاد آ رہا تو میں سناتا ہوں تمھیں۔ موجو جرمنی سے وطن واپس آیا تو اپنی نئی مرسیڈیز کار کے ساتھ تُزلا میں داخل ہوا۔ اس کی کار کی کھڑکی نیچے کی اور سڑکوں پر کھڑے لوگوں کی طرف دیکھ کر ہاتھ ہلایا۔

''یار کسے دیکھ کر ہاتھ ہلا رہے ہو؟'' اس کے دوست جمال نے پوچھا۔ ''یہاں تو اب سب کے پاس ہے مرسیڈیز۔''

''ہاں،'' موجو نے اتفاق کیا۔

''تم نے یہ بات درست کہی۔ لیکن سب کے پاس ہاتھ کہاں ہیں۔'' حسن نے قہقہہ لگایا اور اپنا آخری فقرہ دہرایا، لیکن حارث نہ ہنسا۔

حسن نے اپنا بلغمی حلق صاف کیا اور تھوک پھینکا۔ ''یہ جنگ جس نے بھی ایجاد کی تھی، اسے قتل کر دینا چاہیے، کتنی بور کرنے والی چیز ہے یہ۔''

حارث نے ایک اور گہرا سانس لیا، صنوبر کے درختوں کی مہک اپنے اندر اتاری اور اپنے نتھنوں کے اندر موجود بالوں کو لرزتا ہوا محسوس کرتے ہوئے سانس باہر نکالا۔ شاید اسے اپنی ناک کے بال اُکھاڑ لینے چاہیے تھے، لیکن پھر، وہ ایسا کرتا ہی کیوں؟ شاید وہ بال گرد و غبار کو مصفّا کیا کرتے تھے اور اب انھوں نے خوشبوؤں کو بڑھا دیا تھا۔ سانپ اپنی زبانوں سے سونگھتے ہیں، تو کون کہہ سکتا ہے کہ ہم اپنے بالوں سے یہ کام نہیں کر سکتے؟

حسن نے اپنی اُبلتی ہوئی نیلی آنکھوں سے اسے گھور کر دیکھا اور کہا، ''اوہ، اب پتہ چلا۔ میں خود بھی جنگ کا ایسا پرجوش حامی نہیں۔ میں تمھیں ایک راز کی بات بتاتا ہوں۔ میں تو سمندر کے سفر پر نکل جاتا لیکن مجھے بھرتی کر لیا گیا۔''

ژالہ باری تھم چکی تھی اور اس کی آخری گونجوں سے ایک گہری خاموشی کی خوشبو آ رہی تھی اور اپنی بند

آنکھوں سے حارث اس گم شدہ آواز کے بعد پیدا ہونے والی خوب صورتی سے مشامِ جاں کو سیراب کر رہا تھا۔

لیکن یہ خاموشی کم عمر تھی کیوں کہ حسن باتیں کرتا چلا گیا۔ ''تم اپنے بارے میں بتاؤ؟ کیا انھوں نے تمھیں زبردستی بھرتی کر لیا؟''

''میں جنگ مخالف تھا، اب بھی ہوں اور میں یوگوسلاویہ کی پیپلز آرمی میں بھرتی سے بچ نکلا تھا لیکن سراجیوو میں وہ باغ جسے میں اپنے پسندیدہ کیفے سے دیکھا کرتا تھا، غائب ہو گیا۔ لوگوں نے اس کے درخت کاٹ لیے اور ان کی لکڑیوں کو اپنے گھروں پر برتنوں اور ہنگامی طور پر بنائے جانے والے چولھوں میں جھونک دیا اور اپنے کمرے گرم کر لیے۔ وہ باغ ایک گنجی چراگاہ بن گیا جہاں درختوں کے ٹھنٹھ ان بریدہ بازوؤں کی طرح سر نکالے کھڑے رہتے جن کے ہاتھ قطع کر دیے گئے ہوں، جیسے وہ درخت چوری میں ملوث تھے۔ کس کی چوری؟ ہوا کی؟، اور پھر قرآن کے قانون کے تحت ان کے ہاتھ کاٹ دیے گئے۔ میں نے سوچا، یار تم ہمارے درخت بھی ہم سے لے لو گے، اور پھر میں رضا کارانہ طور پر بھرتی ہو گیا۔''

سارجنٹ اپنے دھوئیں کے بادل سے لنگڑاتا ہوا باہر نکلا اور بولا، ''تم دونوں کیا بڑبڑ کر رہے ہو؟ ادھر آؤ، باقی لوگوں کے پاس۔''

وہ اس کے پیچھے پیچھے چلے۔ ''ہمارے اسکاؤٹ واپس آگئے ہیں،'' سیاہ وسفید داڑھی (گالوں پر سفید اور ٹھوڑی پر سیاہ) والے تیز طرار کمانڈر نے کہا۔ اس نے دو دبلے پتلے آدمیوں کی طرف اشارہ کیا، جن کے پچکے ہوئے گالوں اور پیلے دانتوں کو، جن میں سے کئی غائب تھے، دیکھ کر لگتا تھا کہ سگریٹ نوشی انھیں پھونک چکی ہے۔

''انھیں بتاؤ جو مجھے بتا چکے ہو،'' کمانڈر نے کہا۔

''اب مروا دیا،'' ایک اسکاؤٹ نے حیران کن حد تک دھیمی آواز میں کہا، ''ہم ان کی پوزیشنوں تک ہو کے آئے ہیں۔ آپ لوگ پہاڑی کے اردگرد جا سکتے ہیں، کوئی رکاوٹ نہیں ہے۔ انھیں پتہ ہی نہیں ہے کہ ہم یہاں ہیں۔''

''ان کے کیمپ کے باہر تو گارڈ بھی تعینات نہیں ہیں،'' دوسرے اسکاؤٹ نے آنکھیں جھپکاتے ہوئے کہا، جب کہ اس کے چہرے پر ایک طرف کا گال پھڑک رہا تھا۔ ''آپ انھیں یہاں سے دیکھ بھی سکتے ہیں۔'' اس نے سپاہیوں کو پہاڑی کے کنارے تک بلایا اور انھیں اپنی دوربین دی تا کہ وہ نیچے ان آدمیوں کو دیکھ سکیں جو بقول اس کے تھوک لگا لگا کر بیلوں کی ایک جوڑی روسٹ کر رہے تھے اور جانوروں کے سینے کے شگافوں میں بھیڑیں رکھ کر پکا رہے تھے۔

شام کا دھندلکا پھیلا ہوا تھا اور نیچے وادی سے اٹھتی ہوئی دھند نے دور کے منظر کو اوجھل کر رکھا تھا۔

کمانڈر نے اپنا پلان ان کے سامنے رکھا۔ آدھا دستہ پہاڑی سے گھوم کر جائے گا، جب کہ باقی آدھا دستہ یہاں اس جانب سے براہ راست حملہ کرے گا، دو گھنٹے کے اندر اندر۔

خواہ ان سے پہلے جانے والے اسکاؤٹ کو کوئی مشکل نہ پیش آئی ہو، مگر حارث اور اس کے ساتھی اس

خوف سے قدم پھونک پھونک کر رکھ رہے تھے کہ ان کا پاؤں کسی بارودی سرنگ پر نہ آ جائے۔ ایسی بارودی سرنگ نہ صرف خود پر پیر دھرنے والے کو نقصان پہنچاتی بلکہ مسلمانوں کی پوزیشن بھی منکشف کر دیتی۔

وہ کیمپ کے بالائی کنارے تک پہنچ گئے۔ حارث نے اپنے سانس ہموار رکھنے کی کوشش کی تا کہ وہ صنوبر کے درختوں اور روسٹ ہونے والے بھیڑ کے گوشت کی خوشبو سے لطف اندوز ہو سکے جو اس دھند پر بہتی پھرتی تھی۔ لیکن اس کے سانسوں میں کوئی لطف محسوس نہیں ہوا اور نہ وہ ضبط نفس پر قادر ہو سکا۔ اس کا دل دھڑک دھڑک کر اس کے پھیپھڑوں میں گھسا جا رہا تھا اور اس کی سانسوں میں رکاوٹ پیدا کر رہی تھی؛ اس کی دھڑکنیں بھی ناہموار تھیں اور بے چینی سے تیز ہونے کے سبب ایک ایسا عجیب ردھم سنا رہی تھیں جو اس نے ایک طویل عرصے سے تجربہ نہیں کیا تھا۔ اور یہ ردھم تھا خالص خوف کا۔ دھند کے باعث پیش قدمی، صاف فضا کی بہ نسبت محفوظ تر تو تھی لیکن اس کے باعث انھیں کچھ نظر آ رہا تھا، نہ وہ کچھ جان پا رہے تھے۔ کوئی گیان دھیان اور کوئی منتر اس کے دل کی رفتار کم کرنے میں کامیاب نہیں ہو پا رہا تھا۔

اچانک گولیاں اس کے اطراف کیچڑ میں چھپا کے مارنے لگیں، جنھوں نے اسے ششدر کر دیا۔ اس کے برابر میں موجود بندوقوں نے دھند کے اندر جوابی فائر کیے، جہاں سے گولیوں کی گونج سنائی دی۔

”آگے بڑھو، بوسنیا اور اللہ کے لیے!“ کمانڈر چلایا۔

حارث نے آوازوں کے اندر گولی چلائی اور زمین پر لیٹ گیا اور پھر رینگتا ہوا آگے بڑھنے لگا۔ کیچڑ اس کی کہنیوں اور گھٹنوں کو ٹھنڈا یخ کرنے لگی، جس کی اسے پرواہ نہیں تھی، نہ ہی اسے ان نوکیلے پتھروں کی پرواہ تھی جو اسے چبھ رہے تھے کیوں کہ اس کا خوف اس کے لیے بے حس کر دینے والی دوا کا کام کر رہا تھا۔

وہ مسلسل گولیاں چلاتے اور آگ سے قریب سے قریب تر ہوتے گئے۔ اچانک ان پر مرد پل پڑے اور وہ ایک دوسرے کو رائفل کے بٹوں، سنگینوں اور چاقوؤں سے ضربیں لگانے لگے اور قریب سے ایک دوسرے پر گولیاں چلانے اور ایک دوسرے کا گلا گھونٹ دینے کے لیے دوبدو ہونے لگے۔

چیخ پکار، گالیاں، دعائیں اور ماؤں اور باپوں کے نام گولیوں، خون اور پیشاب کے ساتھ گتھم گتھا ہو گئے۔ سپاہیوں کی دو کمپنیاں ایک دوسری پر پل پڑی تھیں اور ایسا لگتا تھا جیسے قرون وسطیٰ کی، بلکہ قدیم زمانے کی کوئی لڑائی لڑی جا رہی ہو۔ تاہم صلیبیوں نے، بلکہ قدیم یونانیوں اور اہل فارس نے بھی، ایسی لڑائیوں میں سپریں اور زرہ بکتریں استعمال کی تھیں۔ اور یہاں سنگینیں اور چاقو اور لوہا براہ راست ان کی کھوپڑیوں، گوشت پوست اور ہڈیوں کو نشانہ بنا رہے تھے اور کھوپڑیاں تڑخ رہی تھیں، گوشت کھل رہا تھا اور ہڈیوں سے گودا باہر نکل رہا تھا۔

حارث نے پاس سے دوڑتے ہوئے ایک سائے کو اپنی سنگین سے ضرب لگائی اور پھر وہی سنگین اس کے جسم میں کھبونے کی جدوجہد کرنے لگا۔ وہ شخص پیٹھ کے بل گرا اور اس پر چلایا، ”تیری ماں کو۔۔۔!“ حارث اندھیرے میں اس شخص کے نقوش کا اندازہ نہیں لگا پا رہا تھا لیکن وہ اسے چھوڑ نہیں سکتا تھا؛ وہ بڑا سا عکس زمین پر تڑپ رہا تھا اور اس نے لاتیں مار مار کر حارث کی ٹھوڑی توڑ ہی ڈالی تھی۔ اگر حارث اسے اپنی سنگین سے دبائے نہ

رکھتا تو وہ کسی بھی وقت زمین سے اٹھ کر خود اسے نیچے گرا سکتا تھا۔ اس لیے اگرچہ اسے یقین نہیں تھا کہ اس نے سنگین کی نوک اس شخص کے جسم پر صحیح مقام پر کھبو رکھی ہے یا نہیں یا پھر یہ کہ سنگین کے نیچے اس شخص کا جسم ہے بھی یا نہیں، حارث اندھیرے میں اپنی سنگین پر جھکا رہا۔ اس نے زور لگایا لیکن سنگین اس شخص کے اندر داخل نہیں ہو رہی تھی اس لیے اس نے اپنے پورے جسم کا بوجھ رائفل کے بٹ پر ڈال دیا اور پھر بالآخر اسے اس شخص کے جسم کی مزاحمت ٹوٹتی محسوس ہوئی اور سنگین اس گرے ہوئے آدمی کی پسلیوں میں ڈوب گئی۔ تیز دھار کا یہ ڈوبنا ایک لمحے کے لیے اسے فاتحانہ سا لگا تھا لیکن پھر اسے کراہت محسوس ہونے لگی۔ اس نے اپنی سنگین عجیب وغریب آوازیں نکالنے والے اس جسم میں ڈوبی ہی چھوڑ دی جہاں سے ایک اور گالی نمودار ہوئی، ''تیری سربیا والی ماں کو!'' اور پھر اس شخص کے حلق میں لہو کی گڑگڑاہٹ سنائی دی اور وہ اس کے آخری الفاظ ثابت ہوئے جن کے ساتھ وہ اپنی سانس باہر نہ نکال سکا بلکہ اس کا دم گھٹ کر رہ گیا۔

مر چکے آدمی کے حلق میں گڑگڑاہٹ اب بھی ہو رہی تھی۔ کیا حارث نے کسی اپنے ہی آدمی کو مار ڈالا تھا؟ کیا کوئی سرب اس طرح کی گالی دے سکتا تھا؟ ہاں، دے سکتا تھا۔ لیکن کیا ایسا نہیں ہے کہ کسی مسلمان کی جانب سے، یہ سوچتے ہوئے کہ حارث کوئی سرب تھا، ایسی گالی دینے کا امکان زیادہ تھا؟ اور اگر مرنے والا مسلمان ہونے کے بجائے کوئی سرب ہوتا تو کیا یہ سارا عمل اس صورت میں کم ہولناک ہوتا؟

اسی لمحے اس کے سر پر ایک پتھر آ کر لگا، اور اُترائی پر ہونے والی لڑائی کا حصار کرتا ہوا دھندلکا چھٹ گیا اور اس کی جگہ اس کے سر میں پھیلتی ہوئی حرارت نے لے لی۔ جب اس کے اوسان بحال ہوئے تو اس نے سفید بادلوں کو خود پر سے بس درجن بھر گزوں کے فاصلے پر تیرتے ہوئے پایا۔ حارث کھڑا ہوا؛ وہ اپنا توازن بمشکل برقرار رکھ پا رہا تھا۔ ہر قدم جو وہ اٹھاتا تھا، اس کے سر کو تکلیف پہنچاتا تھا اور اس کا دماغ لرز لرز اٹھتا تھا۔

وہ ایک ایسی لاش سے ٹکرایا جس کی کھوپڑی تڑخی ہوئی تھی اور اس میں سے باہر لٹکتا ہوا بھیجا اب بھی دھڑک رہا تھا اور مٹی پر پڑے صنوبر کے کانٹے اس میں پیوست ہو رہے تھے۔ اسے اپنے دماغ میں اسی طرح سوئیاں سی چبھتی ہوئی محسوس ہوئیں؛ اس نے اپنی کھوپڑی کے دائیں حصے کو ہاتھ لگایا، اور اس کی انگلیوں کی پوریں رال جیسی گیلاہٹ میں پھسل کر رہ گئیں۔

وہ رینگتا ہوا ایک چٹان کے کنارے تک گیا اور اس نے آگے دیکھا؛ اس کے آگے ترائی کی سمت مویشیوں کی ہڈیاں اور ایک تباہ شدہ ٹینک بکھرے ہوئے پڑے تھے۔ وہ رینگتا ہوا کیمپ میں داخل ہو گیا اور اسے اپنے مزید ساتھیوں کی لاشیں ملیں جن کا تعلق دونوں دستوں سے تھا۔ اس نے یہ نتیجہ اخذ کیا کہ دونوں دستوں نے سربوں پر نہیں، بلکہ ایک دوسرے پر حملہ کر دیا تھا۔ اس کے زندہ ساتھی کہاں تھے؟ کیا ایسا تو نہیں تھا کہ صرف وہی زندہ بچا تھا؟

یہ خیال اسے خوف زدہ کر گیا، لیکن اس نے اسے متاثر بھی کیا۔ اگر اس پہاڑی پر صرف باز، بھیڑیے، سور اور لومڑ ہی بچے ہیں، اور وہ وہاں موجود واحد انسان ہے، تو وہ اِدھر اُدھر گھومنے پھرنے، صاف شفّاف چشموں

سے پانی پینے، کبھی بھی بات نہ کرنے، جھوٹ نہ بولنے اور ایک یا دوسری قسم کی دوستانہ فائرنگ نہ کرنے کے لیے آزاد ہوگا؛ پھر وہ بلاشبہ روحانی بن سکے گا۔ اسے اپنا ایک پسندیدہ سوتر یاد آیا، جو اس نے سراجیوو میں، گرائے جانے والے باغ کے قریب، بس اپنا وقت گزارنے کی کوشش میں یاد کیا تھا:

''ہر شے کے خلاف تشدد ترک کر دینے کے بعد، جب تم کسی کو بھی نقصان نہیں پہنچاتے تو پھر بچوں کی خواہش بھی ترک کر ڈالو۔ کیا ضرورت ہے تمھیں کسی دوست کی؟ گھومتے پھرو اکیلے، کسی گینڈے کی طرح۔''

اسے ہمیشہ سے تنہائی سے پیار تھا، اس لیے بھرے پُرے شہر کے درمیان بھی اس نے کسی سے مضبوط تعلق استوار نہیں کیا تھا، کم از کم لوگوں سے تو بالکل نہیں۔ ہاں ریستورانوں سے ضرور۔ جو لڑکیاں اس کی دوست بنیں وہ بالآخر یہ احساس کر کے اسے چھوڑ گئیں کہ وہ مردوں کی اس قسم سے تعلق نہیں رکھتا جو شادی کر لیتی تھی۔ اس لیے اب کئی برسوں سے وہ کسی بھی عورت کے ساتھ نہیں رہ رہا تھا، اگرچہ کبھی کبھار جنسی خواہش اس میں زور مارتی تھی۔ لیکن یہاں، اِس پہاڑی کے اوپر، اسے خواہش بھی تنگ نہیں کر سکتی تھی۔ اگر وہ مطلق اکیلا ہوتا تو وہ بدھ مت کا ایک اچھا پجاری بن سکتا تھا؛ وہ گیان دھیان اچھا کر سکتا تھا۔

لیکن وہ اس پہاڑی پر اکیلا ہوگا کہاں۔ وہ تو یہاں سو کے قریب لاشوں کی ہمراہی میں ہوگا جن کے بھوت اس کا بھرپور جائزہ لیں گے اور خوابوں میں اسے تنگ کیا کریں گے۔ اس نے ایک شخص کو ظالمانہ طریقے سے قتل کر ڈالا تھا اور نروان تو دور کی بات، اس کے کرم اسے اس کے درد سے بھی نجات نہیں دلا سکیں گے۔ اس کے چہرے کا ایک حصہ سُن ہو گیا اور ایک کان بجنے لگا۔ بلاشبہ اسے سر پر زوردار چوٹ لگی تھی لیکن اگر اس کے بھیجے کو ڈھانپنے والی دبیز جھلی پھٹ چکی تھی تو کیا اس کے دماغ کی کچھ شریانیں بھی کٹ گئی تھیں؟ اور اگر ایسا ہوا تھا تو شاید اسے اسپتال جانا چاہیے تھا، لیکن ایسی صورت حال میں اس پر اعتبار کون کرے گا؟ جہاں لوگ مر رہے ہوں وہاں سر پر شدید چوٹ کو بہت ہی کم ترجیح دی جائے گی اور اسپتال تھے بھی تو اتنے بے کار۔۔۔ نہیں، بہتر یہی ہے کہ آدمی اکیلا، سب سے چھپ کر جنگلی بلی کی طرح مر جائے۔ گھروں کے باہر گھومنے والی عام بلیاں بھی عموماً نظروں سے اوجھل ہو کر مرنے کا بندوبست کر لیتی ہیں، تا کہ وہ کسی کو تنگ نہ کریں اور کوئی انھیں بھی تنگ نہ کرے، جیسے کہ انھیں کوئی روشنی حاصل ہو گئی ہو، تو پھر وہ ایسا کیوں نہیں کر سکتا؟

وہ کیمپ میں، سی ڈی پلیئروں، ٹی وی سیٹوں، بیئر کی خالی بوتلوں، جوتوں کے کاٹھ کباڑ میں لنگڑاتا ہوا داخل ہوا۔ اسے ایک واکی ٹاکی ملی۔ جب اس نے اس کا بٹن دبا کر آن کیا تو کڑ کنے جیسی ایک آواز پیدا ہوئی؛ بیٹریاں اچھی حالت میں تھیں۔ اس نے واکی ٹاکی اپنی پتلون کی جیب میں ڈال لی۔

بیئر کی خالی بوتلوں کے کریٹ میں اسے ایک بھری ہوئی بوتل ملی۔ اس نے اس کا ڈھکنا کھولنے کی کوشش میں اسے دو پتھریلی چٹانوں کے کونوں سے دبایا۔ بوتل ٹوٹ گئی۔ اس نے بیئر اپنے ایلومینیم کے کپ میں ڈال لی۔ شاید وہ شراب کے ساتھ کچھ شیشے بھی نگل جانے والا تھا۔

کیمپ کے اوپر چٹانی کنارے پر درجن بھر بھورے کوے بڑے ندیدے پن کے ساتھ ایک شخص کی

آنتوں کو کھدیڑ رہے تھے۔ ان کے پیچھے اس کی یونٹ کے بہت سے لوگ نظر آئے جن کی پیٹھیں صبح کے نارنجی سورج سے چمک رہی تھیں۔ وہ لاش کے گرد چلتے رہے اور کوے انھیں نظرانداز کرتے ہوئے دعوت اڑانے میں مصروف رہے۔

''تمھیں دیکھ کر کتنا سکون ملا ہے مجھے،'' حارث نے کہا۔

''میں نے سوچا تم مر چکے ہو،'' حسن نے کہا، جس کی ایک آنکھ سیاہ ہو چکی تھی۔

''تم یہاں کر کیا رہے ہو؟'' ایک اور سپاہی مرزو نے کہا، جس کی گردن پر پٹّی بندھی ہوئی تھی۔ ''تم اکیلے کیوں نظر آ رہے ہو؟''

''مجھے بھی اس پر حیرانی ہے۔''

وہ کھڑا ہوا اور جیسے ہی اس نے اپنا جسم سیدھا کیا اسے اپنی پسلیوں کے نچلے حصے میں درد کی ایک تیز لہر اٹھتی ہوئی محسوس ہوئی۔ کیا میں نے رائفل کے بٹ پر کودتے وقت انھیں توڑ تو نہیں ڈالا؟

''بڑی حیرت کی بات ہے کہ یہاں کوئی سرب ہے ہی نہیں،'' حارث نے کہا۔

''ہاں، بڑی حیرت کی بات ہے،'' کمانڈر نے زیادہ واضح انداز میں کہا۔

حسن نے کچھ بچے کھچے قطروں کی خاطر ہر خالی بوتل کو اُلٹا کر دیکھا اور بوتل چوسنے کی آوازیں نکالیں۔

''بس کرو، گندے ندیدے،'' سارجنٹ نے کہا۔ ''تمھیں ان میں موجود جراثیموں کا کوئی ڈر نہیں ہے؟ ذرا خیال کرو کے کتنے سربوں کے منھ ان بوتلوں سے لگے رہے ہوں گے؛ یہ تو ایسا ہے جیسے تم انھیں چوم رہے ہو۔''

''بوتل کو تو میں کسی بھی وقت چوم لوں گا،'' حسن نے جواب دیا۔ ''اور رہے جراثیم، تو مجھے یقین ہے کہ وہ مجھے پہلے ہی لگ چکے ہیں؛ ان کے پاس مجھے دینے کے لیے کوئی نئی چیز نہیں۔ اور اگر تمھارا تھوک بیئر سے بنا ہوا ہو تو میں تمھیں بھی چومنے کے لیے تیار ہوں، کیا مسئلہ ہے تمھیں۔''

''زبان سنبھال کر بات کرو!'' سارجنٹ نے کہا اور پھر حارث سے مخاطب ہوا، ''تمھاری تھیوری کیا ہے حارث؟''

''انھیں دیکھو، وہ اب تک کھا رہے ہیں۔'' حارث نے دو کوؤں کی جانب اشارہ کیا جو بڑی آنت کے ایک حصے سے کھینچا تانی کر رہے تھے۔ آنتیں اپنے اندر آر پار ہوتی ہوئی سورج کی روشنی کے باعث چمک کر قرمزی ہو گئی تھیں۔

لیکن صرف وہی تھا جو انھیں دیکھ رہا تھا۔ اس کے ساتھیوں نے اسے گھیر لیا اور اسے گھورنے لگے۔

''تم میرے سوال کا جواب نہیں دے رہے، سپاہی،'' کمانڈر نے کہا۔ ''کسی نہ کسی نے تو انھیں بتا دیا ہوگا کہ ہم کیا کرنے والے ہیں۔''

''شاید اسکاؤٹوں نے بتایا ہو؟'' حسن نے کہا۔ ''وہ وہاں ہم سب سے پہلے پہنچے تھے اور ہو سکتا ہے کہ انھوں نے انھیں بتا دیا ہو۔''

''اسکاؤٹ مر چکے ہیں،'' کمانڈر نے اعتراض کرتے ہوئے کہا۔

''اس کا یہ مطلب تو نہیں کہ انھوں نے سربوں سے مخبری نہیں کی۔''

''اگر انھوں نے کی ہوتی تو انھیں ہمارے ساتھ ساتھ آنے اور مر جانے سے بہتر کوئی طریقہ معلوم ہوتا۔''

''کون پیش گوئی کر سکتا تھا کہ ہم خود اپنے ہی لوگوں کو ماریں گے؟'' حسن نے کہا۔

حارث نہیں جانتا تھا کہ اپنے ہاتھوں کے ساتھ کیا کرے، اور وہ اپنی کلائی پر ایک پتھر چبھنے سے لگنے والی خراش پر خارش کرنے لگا۔ پھر اس نے اپنے ہاتھ اپنی جیبوں میں ڈال لیے۔

کمانڈر نے حارث کو اوپر سے نیچے تک دیکھا۔ ''تمھاری جیبیں اتنی بھری ہوئی کیسے ہیں؟ خالی کرو اپنی جیبیں!''

کیا مجھے یہ سب برداشت کرنا چاہیے، حارث نے سوچا۔ میرا خیال ہے ملٹری سسٹم اسی طرح کام کرتا ہے؛ مزاحمت پر نہیں، تابع داری پر، جیسے کہ تاؤ مت میں ہوتا ہے۔ اس نے اپنی جیبیں خالی کر دیں۔ واکی ٹاکی گھاس پر گر گئی۔

''تمھیں بات کرنے کی ضرورت کس سے آپڑی؟'' کمانڈر نے پوچھا۔

''مجھے کوئی ضرورت نہیں پڑی۔''

سارجنٹ نے اپنے پیلے پیلے دانتوں میں سے سبز رنگ کا تھوک باہر پھینکا۔ ''میں نے اسے خود سے باتیں کرتے ہوئے سنا تھا؛ یہ ہماری مخبری کر رہا تھا۔ یہ جنگل میں جا کر چھپ گیا تھا!''

''یہ نتیجہ مت نکالو۔ مجھے واکی ٹاکی یہاں ملی، ان کے کیمپ کی زمین پر اور فطری طور پر میں نے اسے اٹھا لیا۔ کیوں تم نہ اٹھا لیتے؟''

''اور تم درختوں کے نیچے باتیں کس سے کر رہے تھے؟'' سارجنٹ نے پوچھا۔

''ارے وہ تو یوگا کے منتر تھے۔''

''میٹریس؟'' کمانڈر نے اپنی لمبی انگلیوں سے اپنی داڑھی میں خلال کرتے ہوئے کہا۔

''تمھارا مطلب ہے کہ تم درختوں کے نیچے سو رہے تھے؟''

''نہیں، منتر، وہ جو ہندوؤں اور بدھ مت کے ماننے والوں کی مناجات ہوتی ہیں، چھوٹی چھوٹی دعائیں۔''

ایک فینٹم جیٹ طیارہ ان کے سروں کے اوپر سے گزرا اور کچھ دیر کے لیے انھیں کچھ سنائی نہ دیا۔

''حرامی امیرو، پھینکو اپنے بم یا پھر دفع ہو جاؤ!'' حسن نے چلا کر کہا۔

''ذرا دیکھیں تو سہی کہ اس کا رابطہ ہے کس سے۔'' کمانڈر نے واکی ٹاکی کا بٹن آن کیا، اور کہا، ''ہے مَین، کہاں ہو تم، اوور۔''

”تمھاری آواز عجیب سی آ رہی ہے۔ پی تو نہیں رکھی تم نے؟ اوور“

”کاش ایسا ہی ہوتا۔ تم بتاؤ؟ ہے کوئی بیئر وییئر؟“

”نہیں، بس بہت سی گشتیاں ہیں، آلو بخارے کی برانڈی ہے اور سفید وائن۔“

”او کے، چلو ادلی بدلی کرتے ہیں، میرے پاس یو این کی بھیجی ہوئی شرابوں میں سے بہت سی وہسکی کی بوتلیں ہیں۔ بوز وبوز۔ ابھی کہاں ہو تم؟“

”تمھارا کیا خیال ہے؟ اوور۔“

”ہاں ہاں پتہ ہے۔ چلو میں کل آتا ہوں۔“

کمانڈر نے واکی ٹاکی کا بٹن آف کر دیا۔

”اچھا تو یہ ہے تمھارا پارٹنر؟ تم نے پہلے سے اسے آگاہ کر دیا تھا اور اب وہ نیچے پہنچ چکے ہیں، وادی میں ہر طرف، اور شاید ہمارا شکار کرنے کے لیے کمک بھی منگوالی ہو انھوں نے۔ میرا خیال ہے اب ہمیں یہاں سے نکل لینا چاہیے۔“

”لیکن کیسے جا سکتے ہیں ہم؟ یہ تو جنگی حکمتِ عملی کے لحاظ سے بڑی اچھی جگہ ہے،“ سارجنٹ نے کہا۔

وہ زیادہ دور تک نہیں گئے، کیمپ سے بس دو سو گز دور پہنچے، جہاں ان کے ساتھیوں میں سے زیادہ تر کی لاشیں پڑی تھیں۔

دو سپاہیوں نے حارث کو ایک درخت سے باندھ دیا اور کمانڈر نے کہا: ”مجھ پر ثابت کرو کہ تم نے ہمارے ساتھ غداری نہیں کی۔ کچھ سوچو، کوئی اچھی سی کہانی بناؤ۔ تمھارے پاس ایک گھنٹہ ہے۔ اگر تمھاری کہانی اچھی نہ ہوئی، تو ہم تمھیں ان تمام مردوں کے ساتھ زندہ گاڑ دیں گے جن کی موت تمھاری وجہ سے ہوئی۔“

کم از کم آدھی کمپنی زندہ بچ گئی تھی۔ وہ آہستہ آہستہ درختوں کے جھنڈ اور چٹانوں کے عقب سے نمودار ہوئے اور انھوں نے گڑھے کھودنے میں مدد دینا شروع کر دی اور کچھ ایک دوسرے کی مرہم پٹّی کرنے لگے، اور کچھ ایک ایسے شخص کی دیکھ بھال کرنے لگے جو چاقو کے بہت سے زخموں سے مرنے کو تھا، جب کہ بہت سے پہرہ دینے کے لیے کھڑے ہو گئے۔

انھوں نے سرب خندقوں سے اٹھائے ہوئے بیلچے استعمال کیے اور صنوبر کے درختوں کے قریب پتھریلی زمین میں کھدائی کے لیے جدوجہد کرنے لگے۔ اتنی زیادہ دھاتوں کے چٹانوں سے ٹکرانے سے پیدا ہونے والی گرد کے دھوئیں جیسی بو حارث کو محسوس ہوئی جو بڑھنے لگی۔ انھوں نے لاشوں کی کلائی کی گھڑیاں اور بٹوے اکٹھے کیے جن میں انھوں نے جرمن مارک ٹٹولے؛ انھوں نے تمباکو اور سگریٹ جمع کیے۔ انھوں نے ہر گڑھے میں چار لاشوں کو ڈالا۔ بہت سے لوگ حارث کو عجیب عجیب نظروں سے دیکھتے رہے اور بعد میں انھوں نے اس پر مٹی کے ڈھیلے بھی پھینکے۔ ایک ڈھیلا حارث کو پسلیوں پر لگا۔ حارث کے پاس سے مرزو گزرا تو اس کے منھ پر تھوک پھینک گیا۔ سارجنٹ نے حارث کو تھپڑ مارا جو اس کی کنپٹی کے اوپر لگا، جہاں اسے اس سے پہلے ایک

پتھر لگ چکا تھا۔ حارث کی نگاہوں کے سامنے سبز روشنی کی لہریں سی گھوم گئیں، جیسے شمال سے آنے والی روشنی پتوں سے چھن کر آتی ہے، اور اس کی نظر دھندلا گئی۔ وہ اپنا سر اُٹھائے نہ رکھ سکا اور اس نے اسے ڈھے جانے دیا اور اپنی ٹھوڑی اپنے سینے سے لگا دی۔ رسی اس کی کلائیوں میں گھسی جا رہی تھی۔

اس دوران باقی لوگ دعا کرتے اور قرآن کی تلاوت کرتے رہے۔ بہت سے آدمی واویلا کر رہے تھے، کچھ خاموشی سے رو رہے تھے، کچھ اپنے ابروؤں پر گھوری ڈالے چل رہے تھے اور ایک شخص، جس کا بظاہر دماغ چل گیا تھا، وقتاً فوقتاً قہقہہ لگاتا تھا، حتیٰ کہ حسن نے گھونسا مار کر اس کی ناک لہولہان کر دی۔ اس کے بعد وہ شخص ہچکیاں لینے اور ناک سے شوں شوں کرنے لگا۔

تدفین کا عمل بڑی متانت اور وقار کے ساتھ جاری رہا۔

یہ حقیقت کہ کمپنی کے آدھے سپاہی دفن کیے جا رہے تھے، ایک سانحہ تھی، لیکن اس کے ساتھ ساتھ یہ موقع ایک قسم کی فتح کا بھی تھا۔ پہاڑی کے کنارے اور دریائی وادی کی سڑکوں کا کنٹرول کمپنی کے پاس آ چکا تھا۔ یہ خدشہ تو پہلے ہی سے تھا کہ انھیں کچھ نہ کچھ نقصان اٹھانا پڑے گا، اور یہ حقیقت کہ یہ نقصان دوستانہ فائرنگ سے پہنچ گیا تھا اس حقیقت کو جھٹلا نہیں سکتی تھی کہ اب پہاڑی کا کنٹرول انھی کے پاس تھا اور اب وہ اس پہاڑی سے نیچے زمین اور بہت سی سڑکوں پر گولیاں چلا سکتے تھے۔

حارث کے ہاتھ جو اس کے سر کے اوپر شاخوں سے بندھے ہوئے تھے، دورانِ خون کم ہو جانے سے سُن سے ہونے لگے۔ اس کی اونی پتلون اسے خارش کرنے لگی اور اس کی ناف کے نیچے بہنے والا پسینہ اسے تنگ کرنے لگا۔ وہ جتنا جتنا اس سب کے بارے میں کچھ کرنے کے سلسلے میں بے بس محسوس کرنے لگا، خارش اتنا ہی بڑھنے لگی اور اس نے سوچا کہ اگر وہ اس منحوس خارش کو ٹھیک طریقے سے کھجانے میں کام یاب ہو سکے تو اس کے لیے وہ اپنی ایک دو انگلیاں کٹوانے کے لیے بھی تیار ہے۔ یہ سب گیان دھیان سے کس قدر مختلف ہے، اس نے سوچا؛ اگر اس نے زیادہ بہتر گیان دھیان لگایا ہوتا تو وہ اپنی حالت پر زیادہ بہتر طریقے سے قابو پا سکتا تھا۔ وہ جنگ کے میدان میں ایسے چل سکتا تھا کہ کوئی اسے دیکھ نہ پاتا، اس کا جسم غائب ہو جاتا اور اگر اسے گرا بھی دیا جاتا تو اس میں اتنی عقل ضرور ہوتی کہ سر پر گہری چوٹ کے ساتھ زندگی کی طرف واپس آنے اور مر کے جی اٹھنے اور مصلوب ہو جانے کے دہرے عذاب کے بجائے مر جاتا۔ اس نے اپنے اس احساسِ گناہ کو یاد آ جانے والے اس شعر کے ساتھ تقویت دی، ''ہم جو کچھ بھی ہیں، نتیجہ ہیں اس سب کا جو ہم نے سوچا: ہماری بنیاد ہماری سوچوں پر ہے، اور ہم اپنی سوچوں سے بنے ہیں۔ اگر کوئی شخص بُرے خیال سے بولتا یا عمل کرتا ہے تو درد اس کا پیچھا کرتا ہوا چلا آتا ہے، جیسے کوئی پہیہ، چھکڑے کو کھینچنے والے بیل کے قدموں کے پیچھے چلا آتا ہے۔'' اُسے یاد نہیں آ رہا تھا کہ اسے بُرا خیال کون سا آیا تھا، لیکن یہ یقین تھا کہ آیا ضرور تھا۔ اس نے دوبارہ اس شعر کے بارے میں سوچا اور بیل کے قدموں کے پیچھے چلا آنے والا پہیہ مسلسل گھومتا اور بیل کے قریب آتا رہا۔ بھلا بتائیے، بیلوں کی جوڑی نے کیا بُرا سوچا ہوگا کہ وہ تھوک پر بھون ڈالی گئی؟ اس نے اپنے تڑخے ہوئے ہونٹوں پر زبان پھیری اور اس کے خشک

پڑے ہوئے حلق میں خراشیں محسوس ہوئیں۔

خوف ناک کمانڈر چلتا ہوا اس تک آیا۔ ''اوئے، تم آرتھوڈوکس ہو، کیتھولک ہو یا مسلمان؟''

''میں بدھ مت کا پیروکار ہوں۔''

''یہ اچھا تھا۔'' کمانڈر یوں مسکرایا جیسے بہت سے لوگ کوئی ایسا لطیفہ سن کر مسکراتے ہیں جو اچھا تو ہو لیکن اتنا مزاحیہ نہ ہو۔

''تمھیں بچپن میں کس مذہب کی تعلیم دی گئی؟''

''ظاہر ہے الحاد کی۔ کیوں آپ کو نہیں دی گئی تھی یہ تعلیم؟''

''تمھارے والدین کا مذہب کیا تھا؟''

''وہ مسلمان تھے۔ لیکن وہ مسجد کبھی بھی نہیں گئے۔''

''تو پھر تم مسلمان ہوئے نا۔''

''نہیں۔ بدھ مت کا پیروکار ہوں، جیسا کہ میں نے بتایا۔''

''تو تم کیا آگ نگلتے ہو، یا کیلوں پر چلتے ہو، یا اپنے پیر اپنی گردن کے پیچھے باندھ لیتے ہو، یا وہ سب کر لیتے ہو جو وہ کرتے ہیں؟''

''میں ان کی بات کسی مذہب کے حوالے سے نہیں کر رہا، ایک قوم کی حیثیت سے کر رہا ہوں۔''

''ارے چھوڑو یار۔''

''کیا مجھے پانی کا ایک گلاس مل سکتا ہے؟ میں پیاس سے مرا جا رہا ہوں۔''

''تو تم نے کیا بتایا، بدھ قوم کے رکن ہو تم؟''

''آپ دنیا میں کہیں بھی مسلمان ہو سکتے ہیں، مسیحی ہو سکتے ہیں، تو پھر بدھ مت کے پیروکار کیوں نہیں ہو سکتے؟''

''تم اپنے ہی ملک میں مسلمانوں کے ایک قوم ہونے کا مذاق اُڑا رہے ہو؟ اچھا، تو تمھارے اندر ایک سرب چھپا ہوا ہے۔ یہی تو وہ چیز ہے جو وہ کرنا چاہتے ہیں۔''

''کیا میرے پاس مذہب اور قوم کا انتخاب کرنے کا حق نہیں ہے؟''

''کسی کو نہیں ہے۔ یہ مقدر ہے۔ اور تم اتنی عجیب چیز ہو بھی کیسے سکتے ہو؟''

''ایسا نہیں ہے کہ مجھے بدھ مت کا پیروکار بننا پسند ہے، لیکن اپنے ابتدائی برسوں میں، میں نے ان کی بے وقوفانہ باتیں پڑھیں اور اب میں اسی طرح سوچتا ہوں اور اب ایسا ہی ہوں۔''

''اچھا، تو اگر تمھیں یہ پسند نہیں ہے تو مذہب تبدیل کر دو، ایک اچھے مسلمان بن جاؤ۔''

''نہیں بن سکتا۔ آپ نے کہا تو ہے کہ آدمی تبدیل نہیں ہو سکتا۔''

''لیکن تم تو ہوئے نا تبدیل۔ بس اب یہ اداکاری چھوڑو۔ مجھے تمھاری کہانی زیادہ اچھی نہیں لگی۔''

''مجھے تبدیل ہونے پر کوئی اعتراض نہیں، لیکن میں تو اپنی ابتدائی عمر میں ہی مسلمان بن گیا تھا، اپنی عمر کی دوسری دہائی کے آخری برسوں میں، اور تیسری دہائی کے ابتدائی برسوں میں، جو کہ ہماری زندگیوں کے سب سے زیادہ فلسفیانہ برس ہوتے ہیں۔ آپ کو یاد ہے کہ سن ساٹھ کی دہائی میں سراجیوو میں جڑی بوٹیوں سے علاج، گیان دھیان، بدھ مت، ہندو مت، ماورائے جسم تجربات اور ایسی ہی دوسری چیزوں سے متعلق کتابیں ہر طرف نظر آتی تھیں۔ یہ سارا مواد بلغراد سے آیا تھا۔ انھوں نے ہماری توجہ بٹانے کا منصوبہ پہلے سے ہی بنا رکھا تھا، تاکہ ہم خوابوں، خیالوں میں کھوئے رہیں اور ریستورانوں میں رات سے سحر تک گپیں ہانکتے رہیں، جب کہ اس دوران وہ خود ملٹری اکیڈمیوں میں جاتے رہے، انھوں نے انجینئرنگ پڑھی یا اٹلی سے چیزیں اسمگل کیں یا مافیا میں شامل ہو گئے۔ آپ کا کیا خیال ہے بلغراد میں وہ بھی یہی سب کچھ پڑھ رہے تھے؟ بالکل نہیں۔''

''تم پاگل ہو!''

''آپ مجھے پاگل کہتے ہیں۔ کیا یہاں جو کچھ ہو رہا ہے اس کے لیے آپ کے پاس کوئی اس سے اچھی وضاحت ہے؟''

''ہاں، بات میں وزن تو ہے، لیکن اس کا یہ مطلب نہیں کہ کسی بے معنی چیز کے معنی بھی ہوں۔ اس کے علاوہ تم نے مجھے یہ جو سرب سازشوں سے متعلق تھیوری دی ہے، اس سے میں اس بات کا قائل نہیں ہو سکوں گا کہ تم سربوں کے لیے کام نہیں کر رہے۔''

سارجنٹ نے ایک سگریٹ جلایا اور ایک مرتبہ پھر اپنا ذاتی بادل تیار کرنے لگا، لیکن کمانڈر نے کہا، ''نو اسموکنگ۔''

''سگریٹ پینے میں کیا برائی ہے اب؟ قرآن نے تو اس کے خلاف کچھ نہیں کہا۔''

''درخت میں آگ لگ سکتی ہے اس سے۔''

''اس موسم میں؟ ویسے اگر لگ بھی گئی تو اِس شیطان سے نمٹنے کا یہ اچھا طریقہ ہوگا۔''

''کسی بھی موسم میں۔ ذرا اس تنے سے اُبلتی ہوئی رال کو دیکھو۔ پٹرول کی طرح دہک رہی ہے۔ اور یہ بھی بتا دوں کہ اپنے افسر کے آگے مت بولو۔''

سارجنٹ نے منھ سے دھوئیں کی ایک نیلی سی لہر نکالی اور اپنا سگریٹ اپنے بوٹ کے نیچے کچل دیا۔

''ہاں، تو خوب تھا یہ، لیکن تمھارا وقت اب ختم ہو گیا۔'' کمانڈر نے اپنی داڑھی کی سفید طرفیں سہلائیں۔ ''تم ہمیں قائل کر سکتے تھے کہ تم نے ہم سے غداری نہیں کی۔ ٹھیک ہے، اب پانچ، چھ جملوں میں اس کی کوشش کر کے دیکھ لو۔''

''میں آپ لوگوں کو کسی بھی بات پر قائل کرنے کی کوشش کیوں کروں؟ اگر آپ لوگوں کو یقین آ ہی گیا ہے تو جائیے، یقین کرتے پھریے۔''

''شرم آنی چاہیے۔ اب جب کہ تم نے اپنے عجیب و غریب مذہب کے بارے میں بتا دیا ہے، مجھے پتہ

چل گیا ہے کہ تم ہر قسم کے کام کر سکتے ہو جن کا پہلے سے اندازہ نہ لگایا جا سکے؛ اس لیے مجھے یقین ہے کہ تم نے ہم سے غداری کی ہے۔ سارجنٹ، کیا خیال ہے تمھارا؟''

''میں آپ سے متفق ہوں۔''

کمانڈر پھر حسن سے مخاطب ہوا، جو اپنے بازو سینے پر باندھے کھڑا تھا۔ اس کی سیاہ آنکھ پہلے سے زیادہ سوج گئی تھی اور اب بند ہو چکی تھی۔

''سپاہی تمھارا کیا خیال ہے؟''

''مجھ کچھ پتہ نہیں۔''

''لیکن تم نے اسے درختوں کے نیچے چوری چھپے کچھ بولتے ہوئے سنا تھا؟'' سارجنٹ نے کہا۔

''ہاں، میں نے سنا تھا، لیکن مجھے نہیں پتہ کہ وہ کچھ بول رہا تھا یا نہیں۔''

''سو میرے دوستو، جیوری کا متفقہ فیصلہ ہے،'' کمانڈر نے کہا۔ ''مقدمہ ختم ہوا۔''

''یہ کوئی مقدّمہ نہیں۔ بس بے بنیاد سی آرا ہیں،'' حارث نے کہا۔

''اپنے افسروں کی بات کی تردید مت کرو!'' سارجنٹ نے اسے ٹوک کر کہا۔

''تب بھی نہیں جب میری۔۔۔''

''جب تمھاری زندگی کا سوال ہو، تمھارا اندازہ درست ہے،'' کمانڈر نے کہا۔ ''میرا نہیں خیال کہ اب اس کا بھی سوال باقی رہا ہے۔ مرزو، حسن، آگے بڑھو، گولی مار دو اسے۔''

''کیسے، اپنے ہی ایک ساتھی کو کیسے مار دیں؟ حسن نے اعتراض کیا۔ ''میرا خیال ہے کہ یہ کافی ہے کہ ہم نے اپنی کمپنی کے آدھے سپاہیوں کو مار ڈالا ہے۔ اب آپ اور بھی چاہتے ہیں؟''

''بھئی بات میں وزن ہے،'' کمانڈر نے کہا، ''لیکن یہی تو وجہ ہے کہ ہمیں اسے گولی مار دینی چاہیے، اس نے ہمیں بہت زیادہ تکلیف پہنچائی ہے۔''

''میرا خیال ہے کہ بہتر یہ ہوگا کہ، ہمارے قوانین کے مطابق، اس کی زبان کاٹ دی جائے،'' سارجنٹ نے تجویز پیش کی۔ ''جرم اسی عضو سے ہوا ہے، بس اسے کاٹ دیتے ہیں اور آگے بڑھتے ہیں۔''

''مجھے یہ خیال پسند آیا، لیکن نہیں۔ اگر تم اس کی زبان کاٹ دو گے تو خون بہنے سے اس کی موت واقع ہو جائے گی۔ اگر تم اس سزا کو بامعنی بنانا چاہتے ہو تو تمھیں کوئی ایسا طریقہ نکالنا پڑے گا کہ اس کا خون بہنا رک جائے۔ اس کے علاوہ، میرا یہ بھی خیال ہے کہ اگر یہ بچ گیا تو اسے رنج ضرور رہ جائے گا، اور میں اتنے زیادہ اسلحے کی ارد گرد موجودگی میں اس پر اعتماد نہیں کر سکتا۔ گولی مار دو اسے۔''

''میں نہیں مار سکتا، اگر آپ مجھے معاف ہی رکھیں تو،'' حسن نے کہا۔ ''مجھے اب یقین نہیں کہ یہ کام اسی نے کیا ہے۔ اور یہ میرا دوست بھی ہے۔ میں تسلیم کرتا ہوں کہ یہ کچھ عجیب سا ہے، لیکن کون ہے جو نہیں ہے۔ اگر کوئی شخص عجیب نہیں ہے، تو بڑی عجیب بات ہے یہ۔''

''میرے سامنے اتنی شرافت نہ دکھاؤ سپاہی،'' کمانڈر نے کہا۔ ''لیکن اگر تم یہ کام نہیں کرنا چاہتے تو، ٹھیک ہے، یہاں اور بہت سے لوگ غصّے میں بھرے بیٹھے ہیں جو یہ کر دیں گے۔ سارجنٹ، چلو تین چار بندے پکڑو۔''

کمانڈر نے پوچھا، ''کیا تمھاری کوئی آخری خواہش ہے؟''

''جی ہاں، میرے ہاتھ کھول دیجیے مہربانی کر کے، تاکہ میں اپنے خصیے کھجا سکوں۔''

''سنجیدہ ہو تم؟''

''ہاں، سنجیدہ ہوں۔ اور آپ؟ یہ سب بے معنی ہے۔ بس اس لیے کیونکہ میں اکیلا دعا مانگ رہا تھا، مجھ پر غداری کا الزام لگا دیا گیا!''

''تم دعا ہمارے خدا سے نہیں مانگ رہے تھے، غیر ملکی خداؤں سے مانگ رہے تھے، اور یہی غداری کافی ہے۔ اور یہ بھی واضح ہے کہ تم واکی ٹاکی کے ساتھ کیا کر رہے تھے۔ اب اس کی تفصیل میں دوبارہ نہیں جاتے۔ تم پہلے ہی ہمارا کافی وقت ضائع کر چکے ہو۔''

''کیا تم لوگ میرے بازوؤں میں سے ایک کو کھول سکتے ہو؟ میں خارش سے مرا جا رہا ہوں۔''

''ٹھیک ہے،'' کمانڈر نے کہا، لیکن اس نے کیا کچھ نہیں۔

سارجنٹ تین بندوں کے ساتھ آن موجود ہوا۔ کمانڈر نے انھیں گولی چلانے کا حکم دیا، ایک سر پر، ایک گردن میں اور ایک سینے پر۔ وہ کوئی بیس قدم دور کھڑے ہو گئے اور انھوں نے اپنی بندوقیں اٹھا لیں۔

حارث کو خوف محسوس نہیں ہوا۔ خوف اس پر اپنی طاقت صرف کر چکے تھے، اور اس پر لگائے جانے والے الزامات کی ناانصافی، اور اس معاملے کی بے معنویت، اسے پُرسکون کر گئی تھی۔ وہ چاہتا تھا کہ اپنا سر اٹھائے اور ان آدمیوں کی آنکھوں میں گھور کر دیکھے جو یہ جرأت کر رہے تھے، لیکن کوئی بھی کچھ بھی کر سکتا تھا، اور اس میں کوئی اچنبھے والی بات تھی ہی نہیں۔ اس نے ایک لمبا سا سانس بھرا، اور اس سانس نے اس کی پسلیوں میں تکلیف دی اور اس کا سر دھڑکنے لگا اور اس کے کان بجنے لگے۔ یہ لوگ گولی مار کیوں نہیں دیتے؟ اچھا ہوتا اگر وہ اب تک گولی مار چکے ہوتے، لیکن اس انتظار نے اس کا سکون غارت کر دیا۔ اس کے سر کا درد اتنا پُرشور ہو گیا جیسے اس کے کان کے قریب ہی کسی پہاڑی سے کوئی آبشار پھوٹ بہا ہو۔

اس نے کسی دھماکے یا بندوق کی گولیوں کی آواز سنی لیکن اسے معلوم نہ ہو سکا کہ کیا یہ آواز کہیں دور سے آ رہی تھی یا خود اسے گولی ماری جا رہی تھی۔ اس نے اپنی آنکھیں بند کر لیں اور دیکھا کہ وہ اپنی رسّی سے پھسل کر باہر آ گیا ہے، اس کے ہاتھوں کی جلد چھل گئی ہے۔ اس نے اپنے جسم کو زمین پر پڑا دیکھا اور اسے ایسا لگا کہ اس کی آنکھیں اس کے جسم سے الگ ہو کر کہیں اوپر ہی اوپر، کہیں درختوں میں اڑتی پھر رہی ہیں، جیسے وہ کسی الّو کی آنکھیں ہوں اور اسے ایسے عالم میں دیکھ رہی ہوں جب اس کی دائیں کنپٹی سے خون کا فوارہ اُبل رہا ہو۔ اس نے لوگوں کے چلانے اور قہقہے لگانے کی آواز سنی۔ اچھا تو یہ ہوتا ہے موت میں، آپ کی آنکھیں ہوا پر بہتی جاتی ہیں اور

دیکھتی رہتی ہیں، اور کوئی دوسرا آدمی انھیں دیکھ بھی نہیں پاتا، اور وہ آنکھیں ہر شخص اور ہر شے کو دیکھ سکتی ہیں اور اِس لمحے اس نے سوچا کہ وہ وادی کے اندر بھی جھانک کر دیکھ سکتا ہے، جہاں سے ایک دھواں سا بلند ہو رہا ہے، جس سے کوئلے کی سی بو آ رہی ہے۔ یا شاید یہ بو اتنے بہت سے برسوں کے شگاف پر پھیلی ہوئی ہے، اس کے بچپن کے برسوں سے شروع ہو کر، جب سراجیوو کے باہر وادی میں اس کا گاؤں بھاپ اور دھوئیں سے بھرا رہتا تھا جس سے کوئلے اور خام تیل کی مزے دار خوشبو آتی رہتی تھی، اور یہ خوشبو ان ساحلوں تک پُرمشقت اسفار کا وعدہ کرتی تھی جہاں عجیب وغریب میوے ہوں گے، جیسے کیوی، جسے اس نے کبھی چکھا تو نہیں تھا لیکن جسے چکھنے کا خواب ضرور دیکھا تھا اور جو، اگر جنگ ختم ہو جاتی تو، ہمارا ملک درآمد کرتا اور وہ اس کے بیج اپنی زبان پر رکھ کر چوستا۔ یا شاید یہ دھواں بندوقوں سے اور نیچے وادی میں سربوں کے تباہ حال ٹینک پر گر جانے والے تیل سے آ رہا تھا۔ اسے یقین تھا کہ اب وہ تقریباً مر چکا ہے، اور اس خیال نے اسے آرام دیا، لیکن اس سب کے بیچ اسے ایک اور حیران کن احساس ہوا کہ وہ ایک اور سانس لے رہا ہے، خالی، وجود اور لاشئیت کے منزہ کیے ہوئے اجتماع سے بھرا، شاید کائنات کے خالی پن سے بھرا، ایک ایسے سکون سے بھرا جو زندہ رہنے اور مر جانے کے دکھوں سے ماورا ہو۔

اس نے زندگی سے رخصت ہو جانے کے اس وسیع و عریض منظر کا لطف لیا، لیکن کوئی بہت بنیادی سی شے اس منظر میں مداخلت کر رہی تھی۔ اسے حسن کی چیختی ہوئی آواز سنائی دی، ''رکو! لوگو، رکو، رکو خدا کے لیے۔ گولی مت چلاؤ۔ دیکھو مجھے کیا چیز ملی ہے!''

انھوں نے بندوقیں نیچے کر لیں اور پیچھے مڑ کر دیکھا۔

''اب کیا ہے یہ؟'' کمانڈر نے کہا۔

حسن نے ایک سیاہ رنگ کی کتاب اوپر اٹھائی جس کے کونے سرخ رنگ کے تھے۔ ''ایک اسکاؤٹ کے جسم سے سلافی رسم الخط میں عہد نامہ جدید ملا ہے۔ اور دیکھو، اس کے شناختی کارڈ پر لکھا ہے کہ اس کا نام ایسا دنہیں بلکہ جووان تھا۔ وہ جھوٹی شناخت رکھنے والا سرب تھا۔ اس نے غداری کی ہمارے ساتھ!''

''تو؟ سرب ہونے کا کوئی مطلب نہیں،'' کمانڈر نے کہا۔ ''مارکو بھی تو سرب ہے، اور وہ ہمارے بہترین جنگ جوؤں میں سے ایک ہے۔''

''سپاہی کی بات میں وزن ہے،'' سارجنٹ نے کہا۔ ''تمھارا کیا خیال ہے، ہم سے غداری کرنے کا امکان کس میں زیادہ ہے۔ اس پاگل میں یا اس لونڈے میں جس نے ہمیں یقین دلایا تھا کہ سربوں نے یہاں گارڈ بٹھانے کی بھی زحمت نہیں کی؟''

''کسی نہ کسی کو تو سزا ملنی ہی چاہیے۔ وہ دوسرا لونڈا تو پہلے ہی مر چکا؛ اب اسے سزا نہیں دی جا سکتی۔ چلو، سیدھے ہو جاؤ اور گولی چلاؤ! تم کس چیز کا۔۔۔''

اسی دوران کیمپ کے ہر جانب سے گولیاں چلنے کی آوازیں سنائی دینے لگیں۔ اس سے پہلے کہ یہ معلوم ہو سکتا کہ ان گولیوں کے معنی کیا تھے، اور اس سے پہلے کہ کسی کو چھپنے کا موقع ملتا، چھپ کر چلائی جانے والی بہت سی

گولیاں متوقع جلادوں کے سروں پر لگیں اور وہ نیچے گر گئے۔

باقی بچ جانے والے آدمیوں میں سے بہت سے زمین پر لیٹ گئے اور انھوں نے چٹانوں کے پیچھے چھپنے کی کوشش کی، اور باقی لوگ بوکھلا کر سربوں کے چھوڑے ہوئے کیمپ اور جھاڑیوں کی طرف بھاگے، لیکن گرینیڈوں اور مشین گن سے ہونے والی فائرنگ نے ان میں سے بہت سوں کو ان کی پچھلی پوزیشنوں پر واپس آنے پر مجبور کر دیا۔

حارث یہ سب اپنی اس جگہ سے دیکھ رہا تھا اور اس کی کہنیوں سے خون بہہ رہا تھا۔ اس اتھل پتھل سے وہ خوف زدہ نہیں ہوا؛ اسے اس بات کی بھی پرواہ نہیں تھی کہ اسے کوئی گولی لگ سکتی ہے۔ اسے یہ بات حیرت انگیز لگی کہ جو کام اس کے گیان دھیان سے پورا نہیں ہو سکا، اسے اس کے سر کی چوٹ، تشدد اور گولی مار کر ہلاک کر دیے جانے کے خطرے نے پورا کر دیا؛ یعنی اس کی مکمل خاطر جمعی اور ذہنی طمانیت۔ لیکن پھر، کیا دلائی لاما بھی ہر قسم کے مظالم سے نہیں گزرا تھا؟ دلائی لاما خود اس کی صورت حال میں موجود ہونے پر کیسا محسوس کرتا؟ کیا اسے بھی اس کی طرح نروان حاصل ہو جاتا؟

سرب سپاہیوں نے لگ بھگ تیس مسلمانوں کو گن پوائنٹ پر لے لیا تھا۔ کیمپ میں کم از کم تین سو سرب سپاہی موجود تھے۔ انھوں نے مسلمانوں کی بندوقیں اٹھائیں اور ایک جگہ ان کا ڈھیر لگا دیا، جسے دیکھ کر ایسا لگتا تھا جیسے آگ جلانے کے لیے ایک دائرے میں لکڑیاں اکٹھی کی گئی ہوں۔

''کہاں ہیں تمھارے مجاہدین؟'' تازہ شیو کیے ہوئے سرب کمانڈر نے پوچھا، جس کے گال گلابی تھے اور فتح کے نشے سے تمتمار ہے تھے۔ ''ہیں؟ کوئی افغانی نہیں ہے یہاں؟''

اس نے اردگرد نگاہ دوڑائی اور اس کی آنکھیں حارث پر ٹھہر گئیں۔

''اور یہاں تم کس پر تشدد کر رہے ہو؟ ہم دیکھ رہے تھے کہ تم اسے گولی مارنے والے تھے۔''

''غدار ہے۔ یہ ہماری پوزیشن کی خبریں تم لوگوں کو دے رہا تھا،'' مرزو نے کہا۔

''نہیں یار؟'' سرب کپتان یہ کہتا ہوا حارث کی طرف گیا۔ ''کیا تم ایسے نیک کام بھی کرتے ہو جن کا انعام یہ لوگ تمھیں یہاں دے رہے تھے؟''

''نہیں،'' حارث نے کہا۔

''اب تم ان کے کنٹرول میں نہیں ہو، میرے بھائی! آزادی سے بولو۔''

اس نے حارث کا ماتھا چوم لیا۔ ''تمھاری حالت بڑی خراب ہے۔ یہ لو ایک گھونٹ!'' اس نے ریڈ لیبل جونی واکر کا ایک جگ اوپر اٹھایا اور حارث کے منھ میں انڈیلا اور حارث نے، جس نے پورے دن سے پانی کا قطرہ نہیں پیا تھا، گھونٹ حلق سے نیچے اتارا۔

''یہ بات! گھونٹ حلق سے نیچے اتارنے سے ہی پتہ چل جاتا ہے کہ آدمی اچھا ہے یا نہیں!''

کمانڈر نے اپنے چمکتے ہوئے چاقو سے، جو کسی خنجر سے مشابہ تھا، حارث کے ہاتھ پر بندھی رسّی کاٹ دی۔ حارث

جو رسّی کے سبب درخت سے قریباً معلق تھا، نیچے گر گیا۔ اس کے بازو اس کے چہرے کو مٹی سے بچانے کے لیے حرکت کرنے کے قابل بھی نہیں رہ گئے تھے اور اس کا چہرہ گیلی زمین سے جا ٹکرایا۔ اسے محسوس ہوا جیسے وہ بے ہوش ہونے والا ہو، کبھی پھر سے آنکھیں نہ کھولنے کے لیے، اور غیر معینہ مدت تک کے لیے آرام کرنے کے لیے، لیکن وہ بے ہوش نہیں ہوا۔ وہ اپنی ناک سے سانس لیتا رہا اور یہ بھی بھلا بیٹھا کہ اس کی ناک زمین میں پیوست ہے اور وہ سانسوں میں مٹی بھر رہا ہے؛ کچھ مٹی اس کے حلق میں رک گئی، اور کچھ اس کے نرخرے تک اتر گئی۔ اس نے کروٹ بدلی اور کھانسا، اور ہر کھانسی کے ساتھ اس کا دماغ لرز کر رہ گیا۔

''ارے، میرے بھائی،'' سرب کپتان نے کہا۔ ''ہم ان سے بدلہ لیں گے اس کا!''

اس نے حارث کو اٹھایا اور اپنے ایلومنیم کے فلاسک سے اسے پانی دیا۔ حارث نے اپنے منھ میں کُلّی کی، تھوکا اور پھر پانی پیا۔ اس کی ناک اور اس کی نظر صاف ہوگئی۔ اس کی بقیہ کمپنی جس برے حال میں تھی، اسے دیکھ کر اُسے عجیب سا احساس ہوا۔ اسے اسی فتح کا احساس اپنے اندر محسوس ہوا جو اسے اپنی رائفل کے بٹ پر وزن ڈالتے ہوئے اور اپنی سنگین ایک شخص کی پسلیوں میں کھبوتے ہوئے محسوس ہوا تھا۔ وہ تمام روشنی جس کا تجربہ اس نے درخت سے بندھے ہوئے کیا تھا، اس کی روح سے ایسے پرواز کرنے لگی جیسے صبح کا کوئی بادل ہو، اور وہاں جو کچھ باقی رہ گیا وہ تھیں معمولی تفاصیل، لوگوں کے بھورے دانتوں کے درمیان موجود خلا اور زمین پر پڑی ہوئی پلاسٹک کی کوکا کولا بوتلیں؛ اور ان تفاصیل کے ساتھ پرانے جذبے اس کے ذہن پر زور ڈالنے لگے۔

سرب کپتان نے کہا، ''میں تمھاری آنکھوں میں ایک آنچ دیکھ سکتا ہوں۔ کیا تم ان سب کو گولی مارنا پسند نہیں کروگے؟ میں تم سے یہ اعزاز لینا نہیں چاہوں گا۔ میں تمھیں ایک مشین گن دیتا ہوں اور تم ان سب کو بھون سکتے ہو۔ ہم ان سب کو رسیوں سے باندھ دیں گے اور جب تم بہت سے راؤنڈ فائر کر چکو گے، تو تم ان میں سے ہر ایک کو مار چکے ہوگے! کیا خیال ہے اس بارے میں؟''

حارث نے جواب نہیں دیا۔ سننے میں یہ سب، ظاہر ہے کہ، بہت ہولناک تھا۔ اگر وہ یہ کہتا کہ وہ یہ سب نہیں کرے گا، تو کیا خود اسے بھی مار دیا جائے گا؟ اگر وہ ایسا کرنے سے انکار کر دے گا، تو کیا یہ سب کچھ کوئی اور نہیں کر ڈالے گا؟ کیا وہ سب آدمی مر ہی نہیں جانے والے تھے، چاہے جو کچھ بھی ہو جائے؟ اور پھر آخر موت اور زندگی کے درمیان فرق ہی کیا ہے؟ جتنا زیادہ وہ اس بارے میں سوچتا، اتنا ہی اسے اس بات کی ترغیب ملتی کہ وہ گولیاں چلانے کی یہ پیش کش قبول کر لے، لیکن دھماپد کا ایک شعر اُسے یاد آیا اور اس کی توجہ بٹ گئی۔ ''جیسے کسی مچھلی کو اس کے پانی کے گھر سے نکال کر خشک زمین پر پھینک دیا جائے، ہماری سوچیں ہر طرف تڑپتی پھرتی ہیں تاکہ ترغیب دینے والی مارا کے چنگل سے نکل سکیں۔'' اچھا ہے، میری سوچو، تڑپتی رہو۔ تڑپنا اچھا ہے، اس سے انسانوں کی جان بچ سکتی ہے۔

''ارے،'' کپتان چلایا، ''یہ لوگ تمھارا سوئس پنیر بنانے والے تھے، اور تم ہو کہ ہچکچا رہے ہو!''

''آپ کو سچ بتاؤں تو، میں کسی کو بھی گولی نہیں مارنا چاہتا۔''

''لیکن تمھیں مزہ آئے گا اس کا، بتا رہا ہوں تمھیں۔''

''یہ تمھارے آدمیوں میں سے ایک نہیں ہے!'' مسلمان کمپنی میں سے سارجنٹ چلایا۔ ''میں ہوں وہ آدمی جس نے تمھیں خبردار کیا! مجھے گولی مت مارو!''

''نیناڈ،'' سرب کپتان سرخ گالوں والے ایک سپاہی سے مخاطب ہوا، ''کیا تمھارا ریڈیو کنکشن یہ ہے؟''

''اچھا تو ایسے لگتے ہو تم!'' سرخ گالوں والے نے خوش ہو کر کہا۔ ''اسٹیوو، میرا خیال تھا تم مر چکے ہو۔ کنکشن ٹوٹ گیا تھا، اور پھر کسی اجنبی شخص نے مجھ سے بات کی۔ مجھے یقین تھا کہ انھوں نے تمھیں مار دیا ہے! تمھیں دیکھ کر خوشی ہوئی، یار!''

''تو تم ہو ہمارے ہیرو،'' سرب کپتان نے کہا۔ ''باہر نکل آؤ، بھائی، خوشی میں شریک ہو جاؤ!''

حارث سوچنے لگا کہ اس قصے کی اب اس کے لیے کیا اہمیت ہے؛ کیا سرب اب اسے بھی گولی مار دیں گے؟ اس کی سانس پھولنے لگی۔ آخر اسے بھی بچ جانا تو پسند ہی تھا، اسے بقا پسند تھی، چاہے وہ جو بھی سوچتا ہو اور جس طرح بھی فلسفہ طرازی کرتا ہو۔ اگر وہ فلسفہ طرازی نہ کیا کرتا تو اب تک سارجنٹ کو گولی مار چکا ہوتا اور زندہ رہنے کے لیے آزاد ہوتا۔

کپتان نے سارجنٹ کو اپنے جگ میں سے، جو تقریباً خالی ہو چکا تھا، شراب پیش کی۔ جلد ہی سارجنٹ سرب سپاہیوں میں گھل مل گیا، انھیں گلے سے لگانے اور بلند آواز سے قہقہے لگانے لگا جب کہ کپتان کے قریب کھڑا حارث خالی خولی نظروں سے گھورتا ہی رہ گیا۔

''اب یہ بتاؤ، کہ یہ لوگ تم پر تشدد کیوں کر رہے تھے؟ تم نے ایسا اچھا کام آخر کون سا کیا تھا؟'' کپتان نے حارث سے پوچھا۔

''بدھ مت۔''

''اچھا ہے بھئی! لیکن تم ایسے ہی خستہ حال لگتے ہو جیسے کوئی بھکشو ہوتا ہے۔ لو ایک اور گھونٹ۔''

حارث نے اسکاچ کا ایک اور گھونٹ بھرا۔ اس کی نظر ذرا سی دھندلا گئی، جیسے شراب کے ایک گھونٹ نے اس کے ذہن کی بتیاں دھندلی کر دی ہوں، اور اس کی کنپٹی میں ہونے والے درد نے اسے چاقو سا مارا اور اس کی آہ نکل گئی۔

''بدھ مت، ہیں؟ تمھیں پتہ ہے کہ میں بھی بدھ مت کا ماننے والا ہوا کرتا تھا۔ پورا ایک ہفتہ میں رہا بھی۔''

''یہ بھی تو غداری ہے۔''

''اچھا، تو ہم سے رابطہ تم نے نہیں رکھا ہوا تھا، بلکہ تم نے کچھ کیا ہی نہیں تھا۔ مذہبی جنونی، منحوس بنیاد پرست۔ تمھیں ان سب کا صفایا کر دینا چاہیے، میں بتا رہا ہوں تمھیں۔ اس کے علاوہ ہم لوگ کیسے ایک ساتھ چل

سکیں گے؟ میرا مطلب ہے کہ اگر یہ لوگ کسی صحیح آدمی پر تشدد کر رہے ہوتے تو مجھے سمجھ بھی آتی، لیکن تم پر؟ چلو اچھا، اب مشین گن لو اور ان پر گولیاں چلاؤ! میں تمھاری مدد کروں گا۔''

مجھے مزاحمت کرنی چاہیے، حارث نے سوچا، اور تھکے تھکے انداز میں وہ زمین پر سیدھا لیٹ گیا اور زمین اسے اچھی اور دعوت دینے والی لگی، اور اُس میں اپنی آنکھیں کھولنے تک کی سکت نہ رہی۔

''تمھیں پتہ ہے،'' کپتان نے کہا۔ ''یہی ایک چیز ہے جو بدھ مت میں مجھے پسند ہے۔ بڑا پُرسکون لگتا ہے یہ۔''

حسن چلایا، ''ایسا مت کرنا، میرے بھائی، میں نے تمھیں بچانے کی کوشش کی تھی!''

ایک سپاہی حارث کے قریب ہی گھٹنے کے بل بیٹھ گیا اور اور بھاری گولیوں سے لدی ہوئی ریل گاڑی کا رخ سیدھا کیا۔

اور بہت سی آوازیں بلند ہوئیں، کچھ التجائیں کرتی ہوئیں اور کچھ حارث کو لعنت ملامت کرتی ہوئیں۔

اس نے اپنے نشانے کی جانب دیکھا اور اپنے سابق ساتھیوں پر شست باندھی۔ اس کا نشانہ اور اس کے ساتھی کپکپائے اور ہلتے ہوئے اور تاریک گردشوں میں رقص کرتے ہوئے یک رخے نظر آنے لگے۔ اس نے آنکھیں جھپکائیں اور جب اس نے دوبارہ آنکھیں کھولیں تو اسے کچھ دکھائی نہ دیا۔ اس نے اپنی آنکھیں بند کر لیں، پھر کھولیں، لیکن اب اس کے سامنے ایک بھوری تاریکی تھی۔ ہر طرف سے آنے والی آوازیں مزید بلند اور مزید تیز ہو رہی تھیں۔ وہاں سے کچھ ہی دور گرج دار آواز آئی اور ایک لمحے کے لیے اس نے سوچا کہ دھماکے کی وہ آوازیں خود اسی کی مشین گن سے تو نہیں آ رہیں، اور وہ جھکا اور اس نے اپنی بیرل کو چھو کر محسوس کیا۔ وہ ٹھنڈی تھی، اسے سکون کا احساس دلانے کی حد تک ٹھنڈی، اور اس کی خون آلود کہنیوں پر اس کا لمس مرہم جیسا محسوس ہو رہا تھا۔

عورت جس نے بارش چرالی

یولنڈا اجر ساؤ (پرتگال)

ترجمہ: نجم الدین احمد

میں کاروبار کے سلسلے میں باقاعدگی کے ساتھ لِسبن (Lisbon) جاتا رہتا ہوں۔ میں مہینے یا ڈیڑھ مہینے میں کم از کم ایک بار لازماً بذریعہ جہاز وہاں جاتا ہوں۔ میں وہاں کی زبان اتنی جانتا ہوں کہ مجھے ترجمان کی ضرورت پیش نہیں آتی۔ میں نے اپنے بچپن اور نوجوانی کا کافی عرصہ برازیل میں گزارا ہے جہاں میرے والدین اپنی پیشہ ورانہ مصروفیات کے باعث کئی برس رہے تھے۔

میں شہر سے بھی بڑی حد تک شناسا ہوں۔ ہم جن جگہوں کا اکثر سفر کرتے ہیں، وہ ہمیں کم از کم سطحی طور پر شناسا لگنے لگتی ہیں لیکن جب ہم گہرائی میں جاتے ہیں تو تقریباً ہر شے کی متعلقات سے ہمیں اجنبی ہونے کا احساس ہوتا ہے۔

یہ فطری امر ہے کہ لِسبن میں وقوع پذیر ہونے والی غیر معمولی چیزیں اب مجھے متعجب نہیں کرتیں جیسے ایک طرح سے میں ان کے لیے تیار ہی تھا۔ لہٰذا مجھے کچھ خاص غصہ نہیں آیا (یا کم از کم میں نے ظاہر نہیں کیا) جب مجھے معلوم ہوا کہ میرے (پنج ستارہ) ہوٹل کا ہر کمرہ بھرا ہوا تھا اور میری ایجنسی نے میرے لیے جس کمرے کی پہلے سے ادائیگی کی ہوئی تھی، اس پر مجھ سے پہلے آنے والا کوئی اور قابض تھا۔

مزید یہ کہ مینیجر اِس غلطی پر فراخ دِلانہ معذرت خواہ تھا۔ تاہم اس نے اِس غلطی کی ذمہ داری قبول نہیں کی اور خود کو اِس طرح عن الخطا ثابت کیا کہ اس نے مسئلے کے حل کے طور پر بِلا مزید معاوضے کے ایک سوئٹ میرے حوالے کر دیا جسے میرے علم و یقین کے مطابق اس نے 'صدارتی' کہہ کر پکارا تھا اور جو ہوٹل کی بالائی منزل پر واقع تھا۔

جس جگہ پہنچ کر میرا سفر اختتام پذیر ہوا میں اسے دیکھ کر خود بخود مسکرایا۔ میں نے اِس کوتاہی کا شکریہ ادا

کیا، ایک ایسی کوتاہی جسے منیجر نے قسمت یا موقع کا کام قرار دیا تھا۔ اب میں اس پُر تکلف اور شاندار اپارٹمنٹ کا واحد مکین تھا جس میں بآسانی حاشیہ نشینوں کی ایک سالم فوج ٹھہرائی جاسکتی تھی اور جس میں بلا شبہ مختلف ممالک کے صدور اور محض بینک اکاؤنٹوں کی وجہ سے وی آئی پی بنے لوگوں کو ٹھہرایا گیا تھا۔ مختلف دنیاؤں کے (فٹ بال یا فلموں کی دنیا کے، بینکنگ، سیاست یا بڑے بڑے کاروباروں والی دنیا کے) لوگوں سے اس سوئٹ کی ہر شے نے گفتگو کی ہوگی جیسے آسائش، خوش ذوقی اور آرام دہی نے مجھ سے کی اور جھروکوں نے ان پر بھی شہر کا وہی خیرہ کُن منظر وا کیا ہوگا جو مجھ پر کیا تھا۔

''برا نہیں ہے۔'' میں نے خود سے کہا اور اس پر زیادہ نہیں سوچا (اِس پر زیادہ سوچنے کی ضرورت بھی نہیں تھی) اور اپنے ذہن کو دوسری چیزوں کی طرف متوجہ کر لیا۔ حسبِ معمول دو روز کا میرا قیام تیزی سے گزر گیا۔ ہر دِن ایک کے بعد ایک کاروباری میٹنگ میں گزر کر کھانے پر ختم ہوا۔ اِس کا مطلب تھا کہ میں ہمیشہ اپنی مرضی کے خلاف دیر سے لوٹا۔ میرے پاس سوئٹ کا جائزہ لینے کا وقت ہی نہیں تھا کیوں کہ میں وہاں کم ہی رہا تھا۔

ایسا صرف آخری صبح ہوا جب میں اس پُر تعیش جگہ پر، جہاں میں موجود تھا، کچھ سکون کی سانس لے سکا۔ میں نے غسل خانے میں، جسے سوئمنگ پول کہہ کر بہتر طور پر بیان کیا جاسکتا ہے، طویل غسل لیا اور خاص طور پر نفیس جیکوزی (Jacuzzi) کی طرح کے مساج سے لطف اندوز ہوا۔ آئینوں کی ایک سالم دیوار کے سامنے شیو بنائی اور اپنے لیے باہر جھروکے میں ناشتہ طلب کیا۔ پھر میں نے لباس تبدیل کیا اور تسلی سے سامان باندھنے لگا۔ ابھی صرف نو بج کر پانچ مِنٹ ہوئے تھے جب کہ جہاز میں میرے داخلے کا وقت دس بج کر بیس منٹ تھا۔ مجھے معلوم تھا کہ عام طور پر ٹیکسی ہوٹل سے ایئر پورٹ تک پندرہ منٹ سے زیادہ وقت نہیں لیتی۔

یہ جان کر مجھے حیرت ہوئی کہ سوئٹ میں، میں اکیلا نہیں تھا۔ دو عورتیں، دو سیاہ فام خادمائیں، جنھیں میں نے ادھ کھلے دروازے میں سے دیکھا تھا، میری خواب گاہ کے ساتھ والا سِٹنگ روم صاف کر رہی تھیں۔ غالباً وہ سوئٹ میں دوسرے دروازے سے داخل ہوئیں تھیں کہ وہاں ایک اور دروازہ بھی موجود تھا۔ وہ اس کمرے تک پہنچنے سے پہلے بہت سی خواب گاہیں، غسل خانے، ڈریسنگ روم (کپڑے تبدیل کرنے والے کمرے) اور دو تین سٹنگ روم صاف کر چکی تھیں۔ انھیں میری موجودگی کا پتہ نہیں چلا۔ وہ پہلے ہی کی طرح اپنے ویکیوم کلینرز اور جھاڑنوں، صفائی کرنے والی آبی صابنوں اور محلولوں سے بھری ریڑھیوں اور صاف ستھرے تولیوں میں مگن رہیں۔ میں نے خود بھی انھیں اس وقت تک نہ تو دیکھا تھا اور نہ ہی ان کے اندر داخل ہونے پر کوئی آواز سنی تھی۔

ایک سیکنڈ کے لیے میں نے سوچا کہ انھیں کہہ دوں کہ وہ چلی جائیں اور میرے جانے کے بعد آئیں لیکن اگلے ہی لمحے میں نے مخالف فیصلہ لیا۔ میں نے سوچا کہ میں چند منٹوں بعد روانہ ہونے والا تھا۔ میں نے ہوٹل واپس آکر اپنا سامان اٹھانے اور ٹیکسی لینے سے قبل سڑک کنارے جیکارانڈا (jacaranda) کے درختوں تلے چہل قدمی کرنے کے بارے میں سوچا۔ میں ان کی طرف سے رُخ موڑ کر الماری کی طرف بڑھا اور اس میں سے اپنے ہمراہ لائے ہوئے چند کپڑے نکالنے لگا۔

یہی وہ لمحہ تھا جب میں نے انھیں باتیں کرتے سنا۔ ان میں سے ایک ہی زیادہ بول رہی تھی جب کہ دوسری محض کبھی کبھار کوئی سوال پوچھتی تھی یا کوئی اتفاقی آواز اس کے منھ سے نکل جاتی تھی۔ ان کی آوازیں مختلف اور متضاد تھیں۔

''بارش۔'' میں نے ان میں سے ایک کو کہتے سنا۔ ''یہ بارش کی وجہ سے ہوا تھا۔''

میں نے ایک بلیزر، ایک سوٹ اور کچھ زیر جامے بکسے میں رکھے اور ایک قمیص کو تہہ کرنا شروع کر دیا۔ میں عورت کی آواز صاف طور پر سن سکتا تھا۔

''یہ بارش کی وجہ سے ہوا تھا۔'' اس نے دوبارہ کہا۔ ''بہت عرصے سے بارش نہیں ہوئی تھی اور ہر شے مرنا شروع ہو گئی تھی، حتیٰ کہ درخت اور پرندے بھی۔ لوگ مُردہ پرندوں کی لاشوں سے ٹھوکریں کھانے لگے تھے۔''

میں نے ایک اور قمیص تہہ کی اور دونوں کو سوٹ کیس میں رکھا۔ میں نے سوٹ کیس بند کیا اور مختلف عددوں کو ملا کر کوڈ بنایا۔

''ہر شے سوکھ چکی تھی۔ زمین میں دراڑیں پڑ چکی تھیں۔'' میں نے عورت کو کہتے سنا۔ ''پانی کی کمی کی وجہ سے زمین کی سطح پر رخنے پڑ گئے تھے۔ جانور مر رہے تھے، لوگ مر رہے تھے، بچے مر رہے تھے۔ جھیل سوکھ چکی تھی، آسمان خشک ہو چکا تھا۔ درختوں کے پتے سوکھ گئے اور پھر درخت بھی سوکھ گئے تھے۔''

میں نے دروازے کی درز میں سے جھانکا۔ گفتگو کرنے والی عورت نے صفائی روک رکھی تھی۔ دوسری عورت بھی تھمی ہوئی تھی۔ ان کے لیے آبی صابنوں اور صفائی والی ریڑھی کا وجود باقی نہیں رہا تھا۔

''پھر گاؤں کے لوگوں نے باتیں بنانا شروع کر دیں۔'' عورت نے کلام جاری رکھا۔ اس بار اس کی آواز زیادہ بلند تھی یا شاید اس کی آواز مجھے زیادہ بلند محسوس ہوئی کیوں کہ میں اس کے رُخ پر ہو گیا تھا۔

''کسی کو تو قحط کا ذمے دار ٹھہرانا تھا۔ اور پھر لوگوں نے گاؤں میں کہنا شروع کر دیا کہ اس عورت کو موردِ الزام ٹھہرایا جائے۔ دیگر لوگوں نے کہا کہ وہ ملزم نہیں تھی۔ یقینی طور پر کوئی بھی نہیں جانتا تھا۔ لیکن قحط جاری رہا اور ہر شے مرتی رہی۔ پھر انھوں نے وِچ ڈاکٹر کو بلا لیا۔ انھوں نے الاؤ دہکایا اور جڑی بُوٹیاں جلائیں۔ اس نے وہی پیا جو اسے پینا چاہیے تھا اور ساری رات ایسے الفاظ بڑبڑانے میں گزاری جو کسی کی سمجھ میں نہیں آتے تھے۔ دن چڑھے بڑے بوڑھے آئے اور اس نے انھیں بتایا کہ عورت ہی کا سب کِیا دھرا تھا۔ اس نے یہی کہا تھا اور سب نے اس کی بات سنی تھی۔ اس عورت نے بارش چرا لی تھی۔

''پھر بڑے بوڑھے سمجھ گئے کہ کیا ہونے جا رہا تھا۔ وہ نیچے زمین کو دیکھنے لگے کیوں کہ انھیں اس عورت پر رحم آ رہا تھا جو گاؤں سے باہر تنہا رہتی تھی۔ بہت عرصہ پہلے اس کا خاوند اسے چھوڑ کر چلا گیا تھا اور پھر اس کا بیٹا فوت ہو گیا تو وہ اتنا روئی کہ اس کا بدن سوکھ گیا، اس کی آنکھیں خشک ہو گئیں اور وہ سوکھے تنے میں بدل کر زمین کی طرف جھک گئی۔ وہ وحشی جانور کی طرح ہو گئی تھی۔ وہ کسی سے بات نہیں کرتی تھی۔ بس وہ گریہ کرتی رہتی تھی

یا پھر بعض اوقات رات کے وقت چیختی چلاتی تھی۔''

''اس عورت نے۔'' وِچ ڈاکٹر نے زمین کو تکتے ہوئے کہا۔ اس نے پائپ سلگایا اور دھیرے دھیرے دھواں چھوڑا۔ ''بارش چرالی ہے۔''

''لیکن کوئی بھی اسے قتل نہیں کرنا چاہتا تھا۔ حتیٰ کہ وِچ ڈاکٹر نے کہا کہ وہ بھی یہ نہیں چاہتا۔ بڑے بوڑھے اور وِچ ڈاکٹر گھیرے میں کھڑے رہے جیسے منتظر ہوں۔ تمام گاؤں والے ایک درخت کے نیچے بیٹھ گئے اور انتظار کرنے لگے۔ وقت نے بھی ٹھیر کر اپنا سفر روک دیا تھا۔''

کہانی سنانے والی عورت نے ایک لمحے کے لیے توقف کیا جیسے وہ خود بھی انتظار کرنے لگی ہو۔ دوسری عورت نے کوئی سوال نہیں کیا لیکن خاموشی سے کہانی کے اگلے موڑ کے بارے میں متجسس رہی۔

''پھر ایک نوجوان نے رضا کارانہ اپنی خدمات پیش کیں۔ 'میں جاؤں گا۔' اس نے یوں کہا جیسے عورت کو قتل کرنا اور قتل ہونا ایک ہی بات ہو۔''

عورت نے پھر وقفہ لیا۔ وہ اس وقت کہیں اور پہنچی ہوئی تھی، کسی اور جگہ جہاں کہانی نے جنم لیا تھا۔ میں نے دروازہ کھولا اور تجسس کے ساتھ انھیں دیکھا۔ مجھے یقین تھا کہ وہ میری موجودگی محسوس نہیں کر سکیں گی۔

بولنے والی عورت گول مٹول تھی۔ اس کا چہرہ بڑا اور چشمہ لگا ہوا تھا۔ اس کا لہجہ توانا اور اتار چڑھاؤ والا تھا۔ وہ اپنے ہاتھوں اور جسم سے اشارے کرتی تھی۔ بسا اوقات وہ اپنے چہرے کے تاثرات اور لہجے کا اتار چڑھاؤ بدلتی تھی جیسے وہ مختلف کرداروں کا بہروپ بھر رہی ہو۔ دوسری عورت نے اپنے سر کے گرد اسکارف باندھ رکھا تھا۔ وہ دبلی پتلی، نوجوان اور پہلی عورت کی نسبت کم پُریقین دکھائی دیتی تھی۔

''وہ اس کے جھونپڑے میں گیا اور اس نے اس کے ساتھ رات بسر کی۔ وہ اس کے ساتھ سویا اور اس نے اسے پیار کیا۔ اس نے اسے نیچے سے چھیڑا، اس کے پستانوں اور بالوں کو چھوا۔ اس نے اسے نرمی سے جھٹکے لگائے اور پھر اسے بازوؤں میں بھینچ لیا جیسے وہ دوبارہ اس کے ساتھ پیار کرنے لگا ہو۔ اس نے اس کی گردن پر گرفت سخت سے سخت تر کی، حتیٰ کہ اس کا دم گھٹ گیا۔ پھر وہ عورت کو اپنے بازوؤں میں اٹھائے جھونپڑے سے باہر آ گیا اور اسے نیچے زمین پر لٹا دیا۔ سبھی اس کی لاش کے گرد خاموشی سے گھومنے لگے۔''

اس نے ایک لمحے کے لیے بات روکی اور بازو سے اپنی پیشانی کا پسینہ صاف کیا۔

''اور پھر بارش شروع ہو گئی۔'' عورت بولی۔ ''پھر بارش برسنے لگی۔''

دونوں عورتوں نے کچھ کہے بغیر ایک دوسرے کی طرف دیکھا۔ پھر انھوں نے اپنے سر جھٹکے۔ تھکے تھکے انداز میں آہ بھری اور اپنے صفائی کے کام کی طرف متوجہ ہو گئیں۔

میں نے اپنی گھڑی کی طرف دیکھا، کیوں کہ مجھے اندازہ نہیں تھا کہ کتنا وقت بِیت گیا تھا۔ مجھے معلوم ہوا کہ صرف چند منٹ، سات منٹ ہی گزرے تھے۔ میں نے سوچا کہ مجھے ان سات منٹوں کی ضرورت بھی نہیں تھی۔ میرے پاس اب بھی بہت وقت تھا۔ اور پھر میں اچانک ہی مضطرب ہو گیا۔

میں نے اپنا سوٹ کیس اٹھایا۔ زور سے کھینچ کر دروازہ کھولا اور زیادہ سے زیادہ شور پیدا کرتا ہوا دونوں عورتوں کے قریب سے پُروقار چال میں گزرا۔ انھوں نے مجھے حیرت سے دیکھا اور خوف زدہ 'آہ' بھری جیسے انھوں نے بھوت دیکھ لیا ہو۔

میں نے رکھائی سے انھیں 'صبح بخیر' کہا اور ایلی ویٹر کی سمت بڑھ گیا۔

بٹن دباتے اور ایلی ویٹر کے نیچے کی طرف سفر کے آغاز کو محسوس کرتے ہوے میں نے سوچا کہ جہاز میں داخلے کا وقت دس بج کر بیس منٹ تھا۔ کہانی میں کوئی ایسی چیز تھی جس نے میرے احساسات کو چھو لیا تھا، اس بوالعجب زنانہ گفتگو میں کوئی ایسی چیز تھی جسے میں بِلا عقلی توجیہہ کے سننے کو ٹھہر گیا تھا حالاں کہ میں نے کبھی بھی، خاص طور عورتوں کی، کن سوئیاں نہیں لی تھیں۔ میں نے دوبارہ گھڑی دیکھی اور تخمینہ لگایا کہ مزید کتنا وقت یورپ کے دوسرے حصے میں واقع میری رہائش والے شہر سے مجھے دور رکھے گا۔

جب جہاز نے اڑان بھر لی تو میں چیزوں کو مختلف انداز میں دیکھنے لگا۔ میں نے خود سے کہا کہ میں نے دو روز لِسبن میں گزارے تھے اور ایک معیاری کمرے کے معاوضے میں ایک بہت بڑے سوئٹ میں رہا تھا جس میں کم از کم پندرہ کمرے، وسیع و عریض جھروکے اور سوئمنگ پول کے برابر کا غسل خانہ تھا۔ اور پھر اچانک میں نے ایک دروازہ کھولا تو اگلے کمرے میں میرے سامنے افریقہ سے مکمل طور پر جڑا ہوا ایک نظارہ ایک ایسے جنگل کی طرح تھا جس میں کسی کے قدم نہ پڑے ہوں۔ سات منٹ، پورے سات منٹ کے لیے میں جنگل میں کھو گیا تھا۔

میں یہ تصور کر کے خود بخود مسکرا دیا کہ یہ سب کسی کو بتاؤں مثلاً ساتھ والے مسافر کو یا اس خاتون میزبان کو جو ابھی میرے لیے وہسکی لائی تھی تو وہ خیال کریں گے کہ میں نے یا تو پی ہوئی ہے یا پھر میں پاگل ہوں۔

لیکن میں نشے میں تھا نہ ہی پاگل، میں نے سوچا اور دوبارہ مسکرا کر پیچھے سیٹ سے ٹیک لگا لی۔ میرے ساتھ کچھ بھی غلط نہیں تھا۔ محض لِسبن ہی عجیب و غریب تھا۔

روایت

یلدرین بے (البانیہ)

ترجمہ: اعجاز احمد فاروقی

گولیاں سنسناتی ہوئی تواتر کے ساتھ دائیں جانب سے چلی آ رہی تھیں۔ 'الساندرو' پیٹ کے بل زمین پر لیٹ گیا تھا۔ بچاؤ کی یہی صورت اس وقت ممکن تھی۔ الساندرو تو بچ گیا، اس کا کوہستانی گائیڈ نہیں بچ سکا۔ ایک گولی اس کی حس و حرکت کا خاتمہ کر گئی تھی۔ اس نے اپنے فوجی ساز و سامان کے تھیلے سے دوربین نکالی، چہار سو جائزہ لیا ایک طرف تقریباً ایک ہزار گز کے فاصلے پر چند ایک سائے حرکت کرتے دکھائی دیے، اس نے بھانپ لیا کہ گولیاں اسی جانب سے آتی رہی ہیں۔

شام ہونے والی تھی پہاڑوں پر میدانوں کی نسبت اندھیرا جلد چھا رہا تھا۔ گزشتہ بارہ گھنٹوں سے وہ مسلسل پیدل چل رہا تھا اور اب تو اس کے جسم کا عضو عضو تھک گیا تھا اور پھوڑے کی مانند دکھ رہا تھا۔ زادِ راہ بھی مک مکا گیا تھا، پانی کی ضرورت ہر شے سے فزوں ہو گئی تھی۔

'الساندرو' نے اپنے آپ سے کہا، ''شاید میں انھی پہاڑوں میں بھوک اور پیاس کی شدت سے مر جاؤں گا!''

اگر چہ وہ نہ تو وہاں رک سکتا تھا اور نہ چل سکتا تھا لیکن اس کو ہر قیمت پر چلنا ہی تھا اس لیے جیسے تیسے بھی بن پڑا وہ چلتا ہی رہا۔ وہ کب تک چلتا رہا، اس کو معلوم نہیں ہو سکا۔ ایک جگہ آبادی کے آثار دکھائی دیے تو اس میں مزید ہمت جاگی، اس نے اب اس کی پروا نہیں کی، وہ دوست آبادی ہے یا کہ دشمن آبادی وہ لشتم پشتم آبادی کے پہلے مکان تک پہنچ گیا۔ دروازے کو دو تین بار تھپتھپایا پھر چکرایا اور زمین پر گر گیا، اور بے ہوش ہو گیا۔

اور جب اس کو ہوش آیا تو وہ ایک نرم اور آرام دہ بستر پر لیٹا ہوا تھا اور ایک معمر آدمی گرم شوربے کا پیالہ لیے اس کے سرہانے ایستادہ تھا۔ اس کو دیکھتے ہی اس کا پورا وجود دہل گیا، بوڑھے کا سراپا اور لباس اس بات کے

ثبوت تھے کہ وہ البانیہ کا باشندہ ہے اور اس کے ملک اٹلی نے چند ہی ہفتے قبل البانیہ کو اپنی کالونی بنانے کے لئے اس پر حملہ کیا ہوا تھا اور وہ خود بھی اسی فوج کا میجر تھا۔

''اگر اس بوڑھے کو میری اصلیت کا علم ہو گیا ہے تو وہ مجھے زندہ نہیں چھوڑے گا۔'' میجر السا ندرو نے اپنے آپ سے کہا۔

اور میجر السا ندرو سے اس معمر البانوی نے کہا۔ ''آپ بیس گھنٹوں کے بعد جاگے ہیں، یہ گرم گرم شوربا پی لیں اس سے آپ کی باقی ماندہ تھکن بھی کافور ہو جائے گی اور توانائی عود کر آئے گی۔''

''کیا آپ جانتے ہیں کہ میں اطالوی فوج میں میجر ہوں جس نے آپ کے ملک پر حملہ کیا ہے؟'' میجر نے سہمے اور مرجھائے ہوئے لہجے میں کہا۔

''لیکن میجر ہونے سے قبل آپ ہمارے مہمان ہیں البانوی تو مہمان نوازی کے بغیر زندگی کا تصور بھی نہیں کر سکتے، آپ نچنت ہو کر شوربا پئیں۔''

''لیکن میری فوج نے آپ کے ملک پر جو مظالم کیے ہیں وہ۔۔۔''

''وہ میں نہیں جانتا ہوں۔'' بوڑھے نے مسکرا کر کہا۔

''تو کیا میں آپ کی قید میں ہوں؟''

''جی نہیں، ہرگز نہیں، آپ قیدی نہیں مہمان ہیں۔''

''لیکن کیوں؟''

''آپ میرے گھر کے دروازے کے باہر بے ہوش پڑے تھے، اس لیے آپ ہمارے مہمان ہیں پھر یہ کہ آپ خود آئے تھے اور ہم آپ کو کہیں سے پکڑ کر نہیں لائے تھے۔ جب تک آپ میرے مہمان ہیں تو امان میں ہیں اور جائے امان میں ہیں۔''

''گویا میں چاہوں تو یہاں سے جا سکتا ہوں؟''

''بلاشبہ۔ بلاشبہ۔''

''آپ تو عجیب مہربان اور خلیق لوگ ہیں۔''

''ہاں، اگر جاتے وقت آپ کو گھوڑے کی ضرورت ہوئی تو میں اپنا گھوڑا بھی پیش کر دوں گا۔''

''آپ کا بے حد شکریہ۔''

''اچھا کیا کھانا ابھی کھائیں گے یا تھوڑی دیر بعد؟ آپ اطالوی اور عیسائی ہیں تو شراب بھی پیتے ہوں گے لیکن میں مسلمان ہوں اس لیے شراب فراہم نہیں کر سکتا البتہ میری بیٹیوں نے آپ کا پھٹا ہوا فوجی کوٹ مرمت کر دیا ہے، آپ کے ناکارہ اور پھٹے ہوئے جوتے میں نے پھینکوا دیے ہیں اور مراکشی چمڑے کے نئے بوٹ منگوا لیے ہیں، آپ کے لیے نئی قمیض بھی سل چکی ہے۔'' بوڑھا مسلسل بول رہا تھا اور میجر السا ندرو مسلسل حیران ہو رہا تھا۔

''مجھے اپنے فوجی کیمپ جانا ہے۔ میرے گائیڈ کو کسی نے گولی مار کر ہلاک کر دیا اور میں گرتا پڑتا ادھر پہنچ گیا۔'' میجر نے شرمسار ہو کر کہا۔

''آپ ضرور جائیں، جب جی چاہے جائیں لیکن کھانا کھائے بغیر آپ نہیں جا سکتے۔''

''اچھا تو جیسے آپ کی مرضی۔''

حسبِ روایت دسترخوان بچھایا گیا۔

میجر السانڈرو نے بڑے اطمینان کے ساتھ سیر ہو کر کھانا کھانے کے بعد اپنے میزبان شان بیگ سے پوچھا۔ ''تازہ خبریں کیا ہیں؟''

''آپ کے لیے اچھی اور میرے لیے بری خبر یہ ہے کہ اٹلی نے البانیہ پر قبضہ کر لیا ہے اور ہمارا بادشاہ فرار ہو گیا ہے۔''

میجر کے ذہن میں آیا کہ بوڑھا اس لیے اس کی خاطر مدارت کر رہا ہے کہ اب وہ ایک مفتوحہ ملک کا شہری ہے، اس نے بڑے تکبر اور فخر سے کہا۔ ''میں آپ کا احسان کبھی نہیں بھلاؤں گا آپ میری بات کا یقین کر لیں۔''

بوڑھا بھی اس کے اندرونی تموج کو بھانپ گیا تھا، اس نے فی الفور کہا۔ ''آپ کی تکریم اور عزت کی وجہ یہ ہے کہ آپ میرے مہمان ہیں اس کے علاوہ کچھ نہیں۔ کسی غلط فہمی کی ضرورت نہیں ہے۔ کاش کہ آپ اطالوی فوج کے میجر نہ ہوتے۔''

''میں ایسی مہمل باتیں سننے کا خوگر نہیں ہوں، سمجھے۔''

''یہ میری بدقسمتی ہے کہ آپ اطالوی ہیں، سینسئور السانڈرو، آپ میدان جنگ میں ہمارے دشمن ہیں لیکن اس وقت کہ آپ میرے گھر میں ہیں اور میرے بس میں ہیں اور مہمان ہیں، یہی خاطر مدارت کی وجہ ہے، اسے کوئی کمزوری اور چاپلوسی مت سمجھیے۔ اور ہاں، یہ فیرنی تو آپ نے چکھی ہی نہیں اسے بھی چکھیں۔''

''واہ واہ۔ یہ تو بڑی لذیذ ہے۔ اس چپقلش کو جنگ مت کہیں، یہ تو بس ایک کھیل تماشا تھا۔ آپ کی فوج تو بغیر مقابلے کے فرار ہو گئی تو میں کیا کروں۔ ویسے آپ لوگ غضب کے نشانے باز ہیں۔ کل کسی نے ہزار گز کے فاصلے سے میرے گائیڈ کو گولی مار کر ہلاک کر دیا۔''

بوڑھا آدمی یہ سن کر چپ رہا، اچانک گھر کے اندر سے آہ و فغاں کی آوازیں آنے لگیں۔

''آپ پریشان نہ ہوں۔ اس جنگ میں میرے پانچوں بیٹے شہید ہوئے ہیں۔ ان کی لاشیں بس ابھی آئی ہیں۔ میرے اہل خانہ اس لیے رونے لگے ہیں۔ میں خود بھی محاذ جنگ پر تھا لیکن بس شہادت کی سرفرازی نصیب نہیں ہوئی۔''

یہ سن کر میجر السانڈرو تھرا کر چپ ہو گیا اور سوچنے لگا کہ کہیں اس کے بیٹے میری گولیوں سے ہلاک نہ ہوئے ہوں۔ تاہم اس نے ٹھہرے ہوئے لہجے میں کہا۔ ''جنگ میں معلوم نہیں کیا کیا ہوتا ہے میری خواہش ہے کہ

آپ تا دیر سلامت رہیں۔''

''ہاں۔لیکن آپ میرے مہمان ہیں اس لئے چنتا نہ کریں۔''بوڑھے نے بھیگی ہوئی آواز میں کہا۔

''آپ لوگ بڑے عالی ظرف مہمان نواز ہیں میں آپ کو ضمانت دیتا ہوں کہ ہماری حکومت آپ کے احسانات کا بدلہ ضرور چکائے گی۔''السانڈرو نے کہا۔

بوڑھے نے یہ سن کر کہا۔''سینیور السانڈرو مہمان نوازی تو ہماری قدیم روایت ہے اور ہم اسے کسی انعام کے لیے نہیں کرتے۔ یہ علاقہ اطالوی فوج کی رسائی سے باہر ہے۔ہمیں ان سے کوئی خطرہ نہیں ہے۔ یہاں آنے کا صرف ایک ہی راستہ ہے جو ہمارے علاوہ کوئی نہیں جان سکتا۔ ہاں، ہماری مہمان نوازی کی ایک اور بات بھی نوٹ کر لیں۔ اس علاقے کے ایک آدمی نے اپنے ہی پڑوسی کی بیوی کو ہلاک کر دیا۔ مقتولہ کے شوہر نے قسم اٹھائی کہ وہ قاتل کو نہیں چھوڑے گا لیکن اگلے ہی روز قاتل مقتولہ کے گھر میں مہمان بن کر آ گیا اور کئی برس وہیں مہمان کی حیثیت ہی سے رہتا رہا۔''

''اچھا مجھے اب جانا ہے۔اجازت دیں۔''میجر نے کہا۔

''جیسے آپ کی مرضی، سینیور۔۔۔''

بوڑھے کے حکم پر اس کے ملازم نے سینیور السانڈرو کی واپسی کے لیے گھوڑا تیار کر دیا۔

میجر السانڈرو نے اپنی رائفل کاندھے پر لٹکائی اور گھوڑے پر سوار ہو گیا۔

شان بیگ اس کو رخصت کرنے کے لیے دور تک ساتھ آیا اور ایک جگہ رک گیا۔''اس جگہ میرے علاقے کی حد ختم ہوتی ہے۔''

اب میجر السانڈرو نے دیکھا کہ میزبان نے مہمان پر اپنی بندوق تانی ہوئی تھی۔ موت کے خوف نے اس کے ہوش و حواس گم کر دیے تھے۔ اپنے معمر میزبان کی یہ کایا پلٹ اس کے لیے معمہ تھی۔ اس نے ہکلا کر کہا۔

''سی۔۔۔سی۔۔۔یہ آپ کیا کر رہے ہیں؟''

''وہی کچھ جو مجھے کرنا چاہیے۔''

''آپ۔۔۔آپ۔۔۔آپ اپنے مہمان کو مارنا چاہتے ہیں کیا؟''

''ہاں۔''

''لیکن کیوں؟''

''سینیور السانڈرو، تم نے اس قاتل مہمان کی پوری سرگزشت نہیں سنی، اگر سن لیتے تو بچ جاتے۔ وہ قاتل مہمان بن کر مقتولہ کے شوہر کا مہمان بن کر اس کی پناہ میں آ گیا تھا اور کئی برس ان کے ہاں رہا۔ مقتولہ کے شوہر نے اس کو کچھ نہیں کہا لیکن ہونی شدنی جسے تم اپنی زبان میں 'سارا سارا' کہتے ہو، وہ ایک دوسرے گاؤں میں چلا گیا تھا اور یوں وہ اب اپنے میزبان کا مہمان نہیں رہا کیوں کہ وہ اب اس کے علاقے میں نہیں رہتا تھا، مقتولہ کے شوہر نے وہیں پہنچ کر اس کو گولی مار کر ہلاک کر دیا۔ سینیور آپ بھی اب میرے علاقے میں نہیں ہیں، اس لیے اب

میرے مہمان نہیں دشمن ہیں۔ میرے بیٹوں کے قاتل، میں نے کافی شہادتوں کے بعد یہ نتیجہ اخذ کیا ہے کہ میرے بیٹوں کے قاتل آپ ہی ہیں۔ اب میں اپنے ہر بیٹے کا نام لے کر ایک ایک گولی ماروں گا۔''

السا ندرو تو یہ سنتے ہی جیسے مرنے سے قبل ہی مر گیا۔

شان بیگ نے اس کو یکے بعد دیگرے پانچ گولیاں مار کر ختم کر دیا۔ پھر لات مار کر ایک اتھاہ کھڈ میں گرا دیا۔

گھر واپس آ کر بوڑھا اپنے بیٹوں کی لاشوں پر گر پڑا اور بے اختیار رونے لگا۔

خدا سے خط و کتابت

گریگوریولوپینز فو آنتے (اسپین)

ترجمہ: اعجاز احمد فاروقی

اس وادی کا واحد مکان ایک چھوٹی سی چٹان کے اوپر بنا ہوا تھا، اس بلند جگہ پر کھڑے ہو کر کوئی بھی کھیتوں سے آگے بہتے ہوئے دریا مٹر اور چنے کے کھیتوں کو بخوبی دیکھ سکتا تھا۔ یہ کھیت بڑی عمدہ فصل دیتے تھے اور اب جس چیز کی ان کھیتوں کو اشد ضرورت تھی، وہ بارش تھی یا کم از کم اس کا ایک زوردار اور بھرپور چھینٹا تھا۔

لین شو اپنی زمین اور کھیتوں کے چپے چپے سے واقف تھا، اس نے آج صبح سے اس کے ماسوا کوئی کام نہیں کیا تھا کہ آسمان کے شمالی مشرقی حصے کو مسلسل دیکھے جا رہا تھا۔ پھر اس نے کہا، ''بی بی، میرا قیاس ہے بارش ہوگی۔''

بی بی جو ظہرانہ تیار کر رہی تھی، اس نے یہ سن کر جواب دیا؛ ''ہاں، بارش ہو سکتی ہے اگر رب چاہے تو۔۔۔''

اس وقت بڑی عمر کے لڑکے تو کھیتوں میں کام کر رہے تھے اور چھوٹی عمر کے لڑکے بالے مکان کے نزدیک کھیل رہے تھے۔ بی بی نے انھیں آواز دی۔ ''آجاؤ، سب آجاؤ۔ کھانا تیار ہے۔''

اور جب سب مل کر کھانا کھا رہے تھے تو جیسا کہ لین شون نے قیاس آرائی کی تھی کہ بارش ہوگی، اب واقعی بارش ہونے لگی تھی۔ اس کے گول گول اور موٹے موٹے شفاف قطرے زمین پر برس رہے تھے اور آسمان کے شمال مشرق کی جانب سے بادلوں کے پہاڑ چلے آرہے تھے۔ ہوا بھی تازہ اور تیز تھی۔ ایسے میں مرد باہر کھیتوں میں نکل گیا۔ اس کی اس ہنگامی چہل قدمی کی غایت اس کے سوا کچھ اور نہیں تھی کہ بارش سے پیدا ہونے والی ترنگ کو اپنے تن من میں رواں دواں دیکھے۔ اور پھر جب وہ اس چہل قدمی سے واپس آیا تو اس نے بڑی جذباتی اور جوشیلی آواز میں کہا؛ ''جو کچھ اس وقت آسمان سے برس رہا ہے، وہ بارش کے قطرے نہیں بلکہ سکے ہیں۔ بڑے

قطرے اٹھنیاں ہیں اور چھوٹے قطرے چونیاں۔"

پھر اس نے بڑے مطمئن احساسات کے ساتھ یہ بھی کہا کہ غلے کے کھیت اور مٹر کے نورستہ پھول بارش کی چادروں میں لپٹ کر بہت خوش ہیں۔ ابھی اس نے یہ کہا ہی تھا کہ یکبارگی ایک تندوتیز آندھی اٹھی اور پھر بارش کے ساتھ ژالہ باری ہونے لگی۔ اولے واقعی چاندی کے گول گول ڈلوں سے مشابہ تھے۔ بچوں نے جو یہ منظر دیکھا تو وہ لپک کر اندر سے باہر آ گئے اور منجمد آبی موتی چننے میں جٹ گئے۔ بچے خوش لیکن ان کا باپ متفکر ہو گیا۔ وہ محسوس کرنے لگا اور اپنے آپ سے کہنے لگا کہ، "اب تو معاملہ بگڑنے لگا ہے، لیکن پھر بھی مجھے توقع ہے کہ یہ سب کچھ بہت جلد ٹھیک ہو جائے گا۔"

اور ہوا یہ کہ سب کچھ بہت جلد ٹھیک نہیں ہوا اور بہت دیر تک پورا گھنٹہ کھیتوں، مکانوں، پہاڑیوں اور وادیوں میں ژالہ باری ہوتی رہی، اولے گرتے رہے۔ زمین تو ایسے سفید ہو گئی جیسے اس پر نمک کی چادر بچھا دی گئی ہو۔ درختوں کی شاخیں بالکل ٹنڈ منڈ ہو گئیں۔ ان پر گنتی تک کا ایک پتہ بھی نہیں رہا۔ غلے کے کھیتوں کا ستیاناس ہو گیا تھا، مٹر کے بیل دار پودوں کے نورستہ پھول ٹوٹ پھوٹ گئے تھے، لین شو کی روح قید خانۂ غم میں مقید ہو کر رہ گئی تھی، پھر اس نے اپنے بیٹوں سے کہا:

"اگر ان کھیتوں میں ٹڈی دل نے بھی حملہ کیا ہوتا تو بھی ہمارے آس پاس اس سے تو بہت زیادہ بچ رہا ہوتا لیکن اس ژالہ باری نے تو ہمیں مطلق مفلس اور قلاش کر دیا ہے۔ اس سال کے لیے نہ تو ہمارے پاس غلہ ہے اور نہ ہی سبزی۔۔۔"

آئندہ شب ایک شدید شب غم تھی۔

"ہماری تمام محنت اکارت گئی۔"

"اس وقت کوئی نہیں ہے جو ہماری دستگیری کر سکے۔"

"اس سال تو ہمیں فاقے پہ فاقے کرنا ہوں گے۔"

"اس نوعیت کے کڑوے حقائق سمجھ لینے کے باوجود، وہ تمام لوگ جو وادی کے اس واحد مکان میں رہتے تھے، وہ سب اپنے قلوب میں ایک ناقابل شکست امید لیے بیٹھے تھے اور ایک امداد ربانی پر تکیہ کیے ہوئے تھے۔

"دل چھوٹے مت کرو، ہمت مت ہارو۔"

"اس میں کوئی شک نہیں کہ سب کچھ تباہ ہو گیا ہے لیکن یاد رکھو بھوک سے کوئی نہیں مرتا۔"

"یہ تو محض محاورہ ہے کہ بھوک سے کوئی نہیں مرتا۔"

تمام لین شو کے خیالات اپنی واحد امید، امداد ربانی کے گرد چکر کاٹتے رہے۔ اس کو رب کریم کے بارے میں یہ تعلیم دی گئی تھی کہ وہ علیم اور خبیر ہے اور انسانی ضمیر کی گہرائیوں کے راز جانتا ہے۔

لین شو آدمی کے روپ میں ایک بیل تھا اور اگرچہ وہ اپنے کھیتوں میں تنومند جانوروں کی طرح ہی کام

کرتا تھا، تاہم اس کو لکھنے پڑھنے کی بھی کچھ نہ کچھ شد بد تھی۔ آئندہ اتوار تک اس نے اپنے آپ کو اس امر کا ایک پختہ اور کامل یقین دلا دیا کہ ایک نگران اور محافظ روح موجود ہے۔ اس یقین کے بعد اس نے ایک خط لکھنا شروع کیا اور اس کا ارادہ تھا کہ اس کو شہر جا کر ڈاک کے سپرد کر دے۔

یہ خط خدا کے نام تھا۔

''یا ربی!''

اس نے خط لکھنا شروع کیا۔

اگر اس گھڑی تو نے میری مدد نہیں کی تو میں اور میرا کنبہ اس سال فاقوں کا شکار ہو جائیں گے۔ اس وقت مجھے ایک سو ریوں کی اشد ضرورت ہے تاکہ میں کھیتوں کا حلیہ دوبارہ ٹھیک کر سکوں اور ان میں بوائی کر سکوں، اور نئی فصل کی کٹائی تک زندہ بھی رہ سکوں کیوں کہ ژالہ باری نے۔۔۔''

لفافے پر اس نے یہ الفاظ لکھے؛ ''یہ خط خدا کو ملے۔''

اس کے بعد اس نے لفافے کو خوب اچھی طرح بند کیا اور ایک غمگین دل کے غمگین احساسات کے ساتھ شہر کی طرف چل دیا۔ ڈاک خانے سے اس نے ٹکٹ خریدے، انھیں لفافے پر چسپاں کیا اور لفافہ سپرد ڈاک کر دیا۔ اس ڈاک خانے کے ایک پرانے ڈاکیے نے جو خطوں کی تقسیم کے ساتھ ان کی چھٹائی کا بھی کام کیا کرتا تھا، ہنستے ہوئے یہ لفافہ اپنے افسر کو پیش کر دیا۔ اپنی ساری ملازمت کے دوران اس نے اس پتے پر کبھی بھی ڈاک نہیں پہنچائی تھی۔ پوسٹ ماسٹر ایک موٹا اور مرنجاں مرنج قسم کا آدمی تھا کہ وہ بھی اس ملفوف کو دیکھ کر بے اختیار ہنسنے لگا، لیکن اچانک قہقہوں کے درمیان وہ یکبارگی خاموش، سنجیدہ اور پُرسکون ہو گیا، اس وقت اس نے لفافہ میز پر رکھا اور کہنے لگا، ''واہ واہ، کیا ذی شان ایمان ہے۔ کاش کہ مجھے بھی اس خط کے راقم جیسا ایمان نصیب ہوتا اور میں بھی ایسی ہی پُریقین امید کا مالک ہوتا۔ کیا ہے اس لکھنے والے کی، جس نے ایک پختہ امید پر خدا سے خط و کتابت شروع کر دی۔ واہ واہ۔''

پھر اس نے اپنے تئیں یہ سوچا کہ ایسے ذی شان ایمان اور امید کو پاش پاش کرنا اچھا کام نہیں ہے۔ اس لیے اس نے یہ تجویز پیش کی کہ خط پڑھا جائے اور پھر اس کا جواب دیا جائے۔ اس لیے اس نے لفافہ چاک کیا اور اور خط پڑھا، تب اس کو اندازہ ہوا کہ اس خط کا جواب کاغذ، قلم، دوات، روشنائی اور دردمند نیک دلی سے کچھ زیادہ کا طلب گار ہے۔ لیکن اس کے باوجود وہ اپنی سوچ اور اپنی بات پر قائم ہی رہا۔ اس نے اپنے ماتحت ملازمین کو ساری بات بتا کر ان سے چندے کی درخواست کی اور خود بھی ایک اچھی خاصی رقم حسب توفیق پیش کی۔ اس کے عملے نے بھی اس کار خیر میں حسب توفیق ہاتھ بٹایا۔

اب جس قدر رقم لین شو نے طلب کی تھی، اتنی تو جمع نہ ہو سکی تاہم اس کے نصف سے کچھ زیادہ اہتمام تو ہو ہی گیا۔ پوسٹ ماسٹر نے تمام نوٹ ایک لفافے میں بند کیے، پھر اس پر لین شو کا پتہ تحریر کیا، لفافے میں ایک چھٹی بھی لکھ کر ڈالی، جس فقط اس قدر دستخطاً رقم تھا؛ ''خدا۔''

اگلے اتوار کو پھر لین شو بذات خود ڈاک خانے میں آیا اور پوچھا کہ آیا اس کے نام کوئی خط پتر آیا ہے یا نہیں۔ پوسٹ ماسٹر نے لین شو کا خط بذات خود اس کے حوالے کیا اور پھر اپنے اندر ایک ایسے آدمی کے احساس طمانیت محسوس کیے جس نے کوئی کارِخیر سرانجام دیا ہو۔ اس کے بعد وہ دروازے کی درز سے یعنی شو لین کی کیفیات دیکھنے لگا۔ وہ دیکھ رہا تھا کہ نوٹ پا کر لین شو کو کوئی حیرت نہیں ہوئی۔ اس کو تو جیسے اس امر کا پختہ یقین تھا کہ یہ رقم تو اس کو ملنے ہی والی ہے۔ پھر جب اس نے رقم گن لی تو بگڑ گیا اور بگڑ کر بڑبڑانے لگا اور خود کلامی کے انداز میں کہنے لگا:

''خدا نے تو ہرگز ایسی غلطی نہیں کی ہوگی اور نہ ہی اس کے پاس اس چیز کی کمی ہے۔ جو کچھ میں نے اس سے طلب کیا ہے، وہ تو اس سے بھی کہیں زیادہ بڑھ کر دے سکتا ہے۔''

پھر کچھ سوچ کر وہ ڈاک خانے کی کھڑکی پر گیا اور کاغذ قلم طلب کیا اور پھر خط لکھنے کے لیے پبلک میز پر بیٹھ گیا۔ اس کی پیشانی پر ابھرنے والی لکیریں بتا رہی تھیں کہ وہ جملے بنانے کے لیے اپنے ذہن کو بری ٹٹول رہا ہے۔ اسی کیفیت کے ساتھ اس نے خط بمشکل ختم کیا اور خط ختم کر کے اسے لفافے میں اچھی طرح دیکھ بھال کے بند کیا اور پھر ٹکٹ خریدا اور اس کو ایک فیصلے اور زوردار مکے کے ساتھ بند کیا۔

پھر جیسے ہی خط لیٹر بکس میں گرا تو ڈاکیے نے فی الفور اسے نکال لیا، پڑھا۔ اس میں لکھا تھا:

''یا ربی!

''جو رقم میں نے طلب کی تھی، اس میں سے مجھے صرف ستر روپے ہی ملے ہیں۔ باقی رقم بھی فوراً روانہ کر دیں۔ مجھے اس کی شدید ضرورت ہے لیکن اب باقی رقم بذریعہ ڈاک مت روانہ کریں، اس لیے کہ اس ڈاک خانے کے ملازمین بے ایمانوں اور بددیانتوں کا جتھا ہیں۔

لین شو۔''

جہاں گرد

کیم مونزو (اسپین)

ترجمہ: زینت حسام

کیم مونزو (QuimMonzo) ۱۹۵۲ء میں بارسلونا (اسپین) میں پیدا ہوئے۔ سولہ سال تک گرافک ڈیزائنر کے طور پر کام کیا۔ ستر کی دہائی میں بارسلونا کے روزناموں کے لیے شمالی آئرلینڈ، ویت نام اور کمبوڈیا کی جنگوں کی رپوٹنگ کی۔ اپنی کہانیوں سے زیادہ شہرت پائی لیکن فلموں میں مکالمہ نگاری، ریڈیو اور ٹیلی وژن کی اسکرپٹ نگاری اور ناولوں کے ترجمے بھی کر چکے ہیں۔ کہانیوں کے سات مجموعے شائع ہو چکے ہیں۔ ۱۹۸۱ء میں 'کتالان کریٹکس پرائز' حاصل کیا۔ ان کی کہانیوں کے انگریزی ترجموں کا مجموعہ 'O`Clock' ۱۹۸۶ء میں امریکہ میں شائع ہوا۔

اس نے اپنی زندگی کے پہلے بیس سال سرکس میں گزارے۔ آج ایک جگہ پڑاؤ ہے تو کل دوسری سمت کوچ۔ ان بیس سالوں میں اس نے کبھی ایک شہر میں دوبارہ قدم نہ رکھا۔ کیا سرکس تھا وہ بھی، دیس دیس گھومتا ہوا، جیسے کوئی آوارہ گرد بے مقصد گلیوں گلیوں پھر رہا ہو۔ بازی گروں کا بیٹا، بچپن ہی سے وہ نت نئے اور انوکھے ماحول میں مست رہا۔ بونوں اور مسخروں سے اس کی یاری تھی؛ شیر اور اس کے سدھارنے والے، تار پر چلنے والے، کندوں پر جھولنے والے، آگ اگلنے والے، گھوڑے اور ہاتھی اس کے ساتھی تھے۔ وہ ایسے تین قبائلی امریکیوں اور دو انڈین رقاصاؤں سے واقف تھا جو چھریوں کی بوچھار سے زندہ سلامت نکل آتے۔ چودہ سال کی عمر میں اسے ایک لڑکی سے محبت ہوگئی، جو لگاتار تین دن دوسری قطار میں آکر بیٹھتی رہی۔ تیسرے دن جب وہ اسٹیج پر کتوں کا تماشا دکھانے والی عورت کی مدد کر رہا تھا، لڑکی نے اس کو آنکھ ماری۔ وہ شرم سے سرخ ہو گیا۔ اس کی سمجھ میں نہ آیا

کہ وہ جواباً کیا کرے۔ جب تک اس کو لڑکی سے بات کی ترکیب سجھائی دیتی، سرکس کے خیمے اکھڑ چکے تھے، اور ویگنوں کی قطار دوسرے شہر کی طرف رواں دواں تھی۔

جب وہ بیس کا ہوا تو سرکس پر زوال کا وقت شروع ہو چکا تھا۔ سب کا خیال تھا کہ سرکس سینما اور ٹی وی کا مقابلہ نہیں کر سکے گا۔ وہ جس سرکس میں ملازم تھا، اس نے اپنے خیمے ہمیشہ کے لیے لپیٹ لیے۔ جن کو کسی دوسرے سرکس میں نوکری مل سکتی تھی، وہ وہاں چلے گئے، لیکن سب ایسے خوش نصیب نہ تھے۔ اس عمر میں گو کہ اسے کسی اور سرکس میں اچھی جگہ مل سکتی تھی، اس نے آبائی پیشے کو خیر باد کہا اور کسی ایک جگہ پڑاؤ ڈالنے کا فیصلہ کیا۔

وہ ایک ریلوے کمپنی میں کلرک لگ گیا۔ بیس سال تک اس نے اس شہر سے باہر قدم نہ نکالا۔ وہ اپنا ہر دن ٹرینوں کی آمد و رفت کے اوقات ترتیب دینے اور ان میں تبدیلیاں کرتے ہوئے گزارتا۔ ٹکٹوں پر چھپے ہوئے شہروں کے جانے پہچانے نام دیکھ کر اس کا دل کبھی نہ مچلتا کہ وہ دوبارہ وہاں جائے۔ جس نے آدھی دنیا بیس برس کا ہونے سے پہلے ہی دیکھ لی تھی، زندگی کے اگلے بیس سال ایک خاموش، سنسان مکان اور آہنی دروازوں والے دفتر میں کاٹ دیے۔ بیس سال تک وہ ایک ہی سڑک پر چل کر دفتر جاتا رہا۔

شروع کے دنوں میں شام کے وقت، بند دروازے کے پیچھے، تنہائی سے اکتا کر اس نے باری باری ان تمام شہروں کو یاد کرنا شروع کیا جو اس نے کبھی دیکھے تھے۔ پھر اسے یوں محسوس ہوا جیسے اس کا ماضی، دن بدن دور ہوتا جا رہا ہو۔ شاید ٹھہری ہوئی زندگی گزارنے کے لیے ایک خاص قسم کی طبیعت درکار ہوتی ہے۔ شاید وقت گزرنے کے ساتھ ساتھ وہ اس یکساں، ساکت زندگی کا عادی ہو جائے گا۔ وہ سوچتا۔ وہ اس ماحول اور یکسانیت کا جلد ہی عادی ہو گیا، جو اس کو اندر سے چاٹ چاٹ کر کھوکھلا کیے دے رہی تھی۔ نہ صرف یہ کہ وہ یکسانیت کے خلاف کسی ردِ عمل کے قابل رہا، بلکہ اس میں بیتے ہوئے دنوں کو یاد کرنے کی صلاحیت بھی ختم ہو گئی۔

لیکن ہر رات باقاعدگی سے، ایک کاریگر کی صناعی سے، وہ ایک متوازی زندگی خواب میں دیکھتا، وہ زندگی جو اس نے بیس سال تک دیس دیس گھوم کر گزاری تھی۔ ہر شب، ماضی کا ایک دن اس کے خواب میں جلوہ افروز ہوتا۔ اس طرح جب وہ چالیس برس کا ہوا تو اس نے خواب میں دیکھا کہ سرکس ختم ہو گیا ہے اور اس نے ایک جگہ سکونت اختیار کرنے کا فیصلہ کیا ہے۔ آدھی رات کو اچانک اس کی آنکھ کھل گئی۔ وہ پسینے میں شرابور گہری گہری سانسیں لے رہا تھا۔ اسے محسوس ہوا کہ جیسے چھت کسی لمحے اس پر آ گرے گی۔ بیس سالہ خواب سے جاگنے پر اس نے اپنی ساری جمع پونجی بیچ ڈالی، اسٹیشن پہنچا اور پہلی ٹرین پکڑ لی۔

وہ شہر شہر گھومتا پھرا۔ اس نے فیصلہ کر لیا تھا کہ وہ کھوئے ہوئے برسوں کا مداوا کرے گا۔ اس نے شہروں کی فہرست سے وہ نام کاٹ دیے جہاں وہ پہلے جا چکا تھا۔ پچاس برس کا ہونے تک وہ دنیا کا باقی آدھا حصہ بھی گھوم چکا تھا جو اس نے اپنی زندگی کے اوائل میں نہ دیکھا تھا۔ ہر شہر سے نکلتے ہوئے اسے احساس ہوتا کہ وہ وہاں سے ہمیشہ کے لیے رخصت ہو رہا ہے۔ اس کی پہلی نظر ہی آخری نظر ہوتی۔

تمام دنیا دیکھ لینے کے بعد، اب کسی اَن جانی جگہ پر قدم رکھنا اس کے لیے ممکن نہیں رہا تھا۔ کئی دنوں

سے اسے خواب بھی نظر نہیں آ رہے تھے۔ اس نے اس شہر کا نام یاد کرنے کی کوشش کی جہاں اس نے پہلی بار ایک لڑکی کو پیار کیا تھا۔ وہ لڑکی اس کی عم زاد تھی، اور تاروں پر چلتی تھی۔ ذہن پر زور ڈالنے کے باوجود وہ یاد نہ کر سکا کہ آیا وہ شہر برلن تھا یا ڈان زِگ۔ کیا اس نے تمام چیزیں تفصیل سے دیکھی تھیں، اس نے خود سے سوال کیا۔ اگر ایسا تھا تو کوئی وجہ نہ تھی کہ اسے شہر کا نام یاد نہ رہتا۔ بہت سی جگہیں ایسی تھیں جن کو یاد رکھنا اب اس کے لیے ممکن نہ رہا تھا۔ ماضی کے کچھ حصے معدوم ہوتے جا رہے تھے۔ اسے احساس ہوا کہ دریاؤں کے رخ وہ نہ تھے جو کبھی اس کو یاد تھے۔ آخر دنیا دیکھنے کا کیا مقصد تھا جب کہ بالآخر یہ تمام شبیہیں ذہن سے معدوم ہو جاتی تھیں۔ اس نے سوچا۔ اسے اپنی زندگی ایک تنے ہوئے تار کی مانند محسوس ہوئی۔

وہ پرما کی ٹرین کے انتظار میں بیٹھا تھا۔ اس کی فہرست کا سب سے پہلا شہر اس کے ذہن سے بالکل معدوم ہو چکا تھا۔ یہ وہ شہر تھا جہاں وہ پیدا ہوا تھا۔ اس کو احساس ہوا کہ اب اس کے لیے یہ یاد کرنا مشکل سے مشکل تر ہوتا جا رہا تھا کہ اس کی ماں کیسی تھی۔ اسے یوں لگتا تھا جیسے اس کی ماں کی شبیہ ایک آبی آئینے میں تحریر ہوا اور لہروں میں گُھل کر تحلیل ہوتی جا رہی ہو۔ لکڑی کی بنچ پر بیٹھا وہ ریل کی پٹریوں کے بیچ اُگی ہوئی خود رَو گھاس کو تکتا رہا۔ اچانک وہ چونک اٹھا۔ اس کی نظروں کے سامنے کیا چیز تھی؟ وہ کیا دیکھ رہا تھا؟ کیا وہ جنگلی گھاس تھی؟ سرکنڈے تھے؟ کیا تھا؟ درختوں، پودوں اور جڑی بوٹیوں کے نام اس کے ذہن سے غائب ہو چکے تھے۔ وہ قطار میں لگے ہوئے سبز پودے کون سے تھے، اس نے خود سے پوچھا۔

اسے لگا کہ وہ کہیں کھو گیا ہے۔ اس نے نظریں اٹھائیں۔ پٹریوں کی دوسری طرف ایک سرکس کا بڑا سا، پھٹا ہوا پوسٹر چسپاں تھا۔ لمحے بھر کے لیے اسے خوشی کا احساس ہوا۔ اسے سرکس دیکھنے کا خیال آیا۔ اتنے سال بعد اسٹیج کے بجائے تماش بینوں کی قطار میں بیٹھ کر سرکس دیکھنے کا خیال کچھ ایسا برا نہ تھا۔ اس نے تاریخ اور مقام دیکھنے کے لیے پوسٹر پر دوبارہ نظر ڈالی، لیکن اس کی نگاہیں پوسٹر پر بنے ہوئے چہرے پر ٹک گئیں۔ سفیدی پھرے ہوئے چہرے کی ایک آنکھ پر کانٹی کا نشان تھا، دوسری آنکھ کے نیچے ایک لکیر تھی۔ وہ مسحور ہو کر چمکتی ہوئی تکونی ٹوپی، پھولی ہوئی ناک اور موٹے موٹے ہونٹوں کو تکنے لگا۔ اس نے دیکھا کہ ہونٹ دو دفعہ ہنسی کی شکل میں کھلے اور بند ہو گئے۔

پلیٹ فارم پر سناٹا تھا۔ وہ بنچ پر نیم دراز ہو گیا اور آنکھیں موند لیں۔ جماہی لیتے ہوئے اس نے دائیں بائیں نظر دوڑائی۔ مجھے یہ تک یاد نہیں کہ وہ شہر کیسا تھا جہاں میں پیدا ہوا، اس نے تھک کر سوچا۔

اس کے کانوں میں دروازہ کھلنے کی آہٹ آئی۔ ایک عورت نے گردن نکال کر دروازے سے باہر جھانکا اور دونوں اطراف نظر ڈالی۔ پھر وہ چہرہ غائب ہو گیا۔ جب اسے دروازہ بند ہونے کی آواز آئی تو اس کا ذہن بالکل خالی تھا۔ اسے یہ بھی یاد نہیں آ رہا تھا کہ وہ دروازہ ابھی کھلا تھا، کون اندر گیا تھا، کوئی اندر گیا بھی تھا، یا یہ کہ وہاں کوئی دروازہ تھا بھی یا نہیں۔

اس کی سمجھ میں نہ آیا کہ اسے کیا ہو رہا ہے۔ اس کے ذہن میں ایک تصویر ابھری: ہرے بھرے بھیگے

ہوئے جنگل کے کنارے رُوپہلے آسمان تلے چمکتا ہوا ایک سلیٹی تالاب۔ یہ تصویر اتنی واضح اور صاف تھی کہ اس کی سمجھ میں نہ آیا کہ یہ منظر اس وقت اس کی نظر کے سامنے تھا یا وہ صرف ایک شبیہ تھی جو اس کے ذہن کے دریچوں میں ابھر آئی تھی۔ پھر اسے یادوں پر قابو نہ رہا۔ ایک ایک کر کے شبیہیں ابھرنے لگیں، جیسے ہوا نکلتے ہوئے غبارے فضا میں بلند ہوتے ہیں۔ غبار میں اَٹا ہوا ہوٹل، سفید ویران دیواریں، کیوبسٹ فرنیچر۔ اچانک تمام تصویریں غائب ہوگئیں۔ اس کا ذہن یک دم خالی ہوگیا۔ صرف ایک سیاہ مستطیل رہ گیا۔ وہ بھول گیا کہ وہ کون سے شہر جا رہا تھا۔ اس نے حیرانی کے عالم میں اِدھر اُدھر دیکھا۔ اسے یاد نہ رہا کہ وہ کون سی جگہ تھی، دونوں اطراف افق میں گم ہوتی ہوئی فولاد کی متوازی پڑیاں کس لیے تھیں۔ جب ٹرین آئی تو وہ پہچان نہ سکا کہ وہ کیا شے تھی۔ نہ وہ اسے کوئی مشین لگی اور نہ کوئی عفریت۔ ان دونوں کے معنی وہ بھول چکا تھا۔ چونکہ اسے یہ بھی یاد نہ رہا تھا کہ خوف کیا ہوتا ہے، اس نے بچنے کی کوئی کوشش بھی نہ کی۔

بید مجنوں

یوری توٗلک (استونیا)

ترجمہ: نصر ملک

ایک مرتبہ میں نے اپنے چچا سے ملنے کا فیصلہ کیا۔ اسے ہم سے ملے تقریباً تین سال ہو گئے تھے۔ وہ ہم سے کوئی زیادہ دور نہیں رہتا تھا۔ وہ خلیج کے دوسرے کنارے پر رہتا تھا اور ہم اس کے گھر کی سفید چھت دیکھ سکتے تھے۔ وہاں کشتی ہی کے ذریعے جایا جا سکتا تھا اور کوئی پون گھنٹہ لگتا تھا۔ میں نے اپنے باپ سے اپنی خواہش کا اظہار کیا تو وہ بولا، ''اتنی کیا جلدی ہے۔'' وہ بھی میرے چچا ہی کی طرح کا تھا۔ چچا ہمیں ہر لیپ کے سال ملنے آتا تھا۔ اس کا خیال تھا کہ عام سال کے دوران وہ رشتے داروں کو ملنے کی بجائے کچھ بہتر کام سرانجام دے سکتا تھا۔

میرے باپ نے جب کہا کہ مجھے اتنی جلدی کی کیا پڑی ہے، تو میں نے جانے کا فیصلہ کر لیا۔ اس وقت میں پندرہ سال کا ہو چکا ہوا تھا اور یوں مجھے اپنے بارے میں کچھ بھی کرنے کا اختیار تھا، یعنی میں آزاد تھا کہ اپنی مرضی کے مطابق جو چاہوں کروں۔ میں اٹھا اور باہر خلیج کے کنارے پر جا کر کشتی کو پانی میں اتارا، چپو درست کرنے ہی والا تھا کہ مجھے اپنے پیچھے سے کسی کی آواز سنائی دی، یہ میرا باپ تھا۔

''وہاں اپنے آپ کو ذلیل نہ کرنا،'' اس کا لہجہ تحمکانہ تھا۔

''یقیناً! میں ایسا نہیں ہونے دوں گا،'' میں نے جواب دیا۔

''تمھارا چچا ایک بیل کی مانند اڑیل اور ضدی ہے۔''

''میں بھی تو کافی اڑیل ہوں۔'' میں نے سنی ان سنی کرتے ہوئے کہا اور چپو چلانے کے لیے تیار ہو گیا۔

خلیج کا نیلگوں پانی بڑا شفاف اور زبردست حیرت انگیز تھا۔ سورج چمک رہا تھا اور ہوا کا رخ میرے حق میں تھا۔ سچ تو یہ ہے کہ خلیج کو پار کرنا کوئی بڑا محنت طلب کام نہیں تھا۔ مجھے کسی کے ملنے کی توقع نہیں تھی۔ کشتی دوسرے کنارے پر پہنچی تو میں نے چپوؤں کو ایک طرف رکھا۔ پھر کشتی سے اتر کر اسے ایک رسے سے باندھا اور

چچا کے مکان کے دروازے پر جا پہنچا۔ دروازہ کھلا تھا اور میں اندر داخل ہو گیا۔

میرا چچا باورچی خانے کی میز کے قریب کرسی پر بیٹھا دیوار پر لگی گھڑی کو دیکھ رہا تھا۔

''میں دیکھ سکتا ہوں تم نے دیوار پر گھڑی لٹکا رکھی ہے،'' میں نے اسے متوجہ کیا، ''کیا تم تصور کر رہے ہو کہ یہ کوئی بائیسکل ہے؟''

میرے چچا نے مجھے کھا جانے والی نظروں سے گھورا اور پھر گھڑی کو دیکھنے لگا۔ ''تمھیں اندر آنے سے پہلے دستک ضرور دینی چاہیے تھی۔'' وہ مینڈک کی طرح ٹرایا۔

''میں نے دو سال پہلے جو دستک دی تھی کیا تم وہ بھول گئے ہو؟''

(۲)

''ہاں! وہی، میرا مطلب اسی سے تھا۔''

''اُس کے ڈینٹ تو ابھی تک دروازے پر پڑے ہیں۔''

''ہاں لیکن یہ وہ نہیں جو تم نے ڈالے تھے۔ وہ تو مدت ہوئی غائب ہو چکے ہیں، جاؤ باہر جاؤ اور دروازے پر دستک دو۔''

''میں جب گھر جاؤں گا تو دستک دوں گا۔ اب تم اپنے مہمان کو بیٹھنے کے لیے تو کہو۔''

''میں باہر والوں سے بات نہیں کرتا اور نہ ہی انھیں بیٹھنے کو کہتا ہوں۔''

''تو پھر میں بِن پوچھے ہی بیٹھ جاتا ہوں۔''

میرا چچا اپنی جگہ سے اٹھا اور پھر مجھے سر سے پاؤں تک اور پاؤں سے سر تک دیکھتے ہوئے بولا، ''اس سے پہلے کہ تم بیٹھو، تمھیں مجھے سلام کرنا چاہیے۔''

''اس کے لیے وقت کیوں ضائع کیا جائے، مجھے تو شام کو اپنے گھر واپس چلے جانا ہے۔''

''اگر تم مجھ سے پوچھو تو تمھیں ابھی اور اسی وقت چلے جانا چاہیے۔''

میں نے ایک کرسی لی اور اس پر بیٹھ گیا، ''اچھا تو تم کیسے ہو؟'' میں پوچھا۔ ''کیا خبر ہے؟''

''بیوقوف مت بنو۔ تمھیں سننا چاہیے کہ ریڈیو پر وہ کیا کچھ کہتے ہیں!'' میرا چچا بولا۔

''ریڈیو سنتے ہوئے میرے کان درد کرنے لگتے ہیں اور یوں لگتا ہے جیسے وہ پھٹنے والے ہیں۔''

''تمھارا باپ بڑھئی کا کام جانتا ہے وہ تمھیں لکڑی کے کان بنا دے گا۔''

''یہ جھوٹ بولنے کے لیے اچھا نہیں ہوگا، کیوں کہ جب میں جھوٹ بولوں گا تو میرے کانوں سے دھواں نکلنا شروع ہو جائے گا اور اس طرح لکڑی کے کانوں کو آگ لگنے کا خطرہ رہے گا، ہے نا؟''

''میں دیکھ سکتا ہوں کہ اب تم میں مردانہ عقل پیدا ہونا شروع ہو چکی ہے۔'' میرے چچا نے جواب دیا۔

''تمھاری بینائی خراب نہیں ہے، تم عینک کے بغیر بھی عجیب وغریب چیزیں دیکھ سکتے ہو۔''
''میں محسوس کر رہا ہوں کہ تم طاقت کا امتحان لینے میں دلچسپی رکھتے ہو۔''
''ہاں، ایسا ہم کر سکتے ہیں، آؤ ہم باتیں کرتے ہیں، ہمارے پاس کافی وقت ہے۔''

(۳)

''چلو ہم باہر چلتے ہیں۔'' میرا چچا اپنی کرسی سے اٹھتے ہوئے بولا۔

ہم باہر صحن میں آگئے اور عین اسی وقت میرے چچا کی بیوی اور بیٹی کہیں سے نمودار ہوئیں، ابھی وہ کچھ فاصلے پر ہی تھیں کہ میری چچی نے آوازہ لگایا: ''ہیلو، میرے بھتیجے!''

''اسے ہیلو کہنے کی کوئی ضرورت نہیں، بس تم کوئی ایک اچھا مضبوط ڈنڈا دیکھو، میں جاننا چاہتا ہوں کہ ہم دونوں میں سے کون اسے اپنی جانب کھینچ سکتا ہے۔ آج 'چوب کاری' کا کھیل کھیلا جائے گا۔'' میرے چچا نے اپنی بیوی سے کہا۔ وہ مجھے گہری نظروں سے دیکھ رہا تھا۔

''تم کیسی باتیں کر رہے ہو'' میری چچی اپنے ہاتھوں کو ہوا میں لہراتے ہوئے بولی۔

''لونڈا ہم سے ملنے آیا ہے۔'' میرا چچا بولا، ''اس اچھے لونڈے نے مجھے سلام تک نہیں کیا تھا۔ اب میں دیکھوں گا کہ یہ سلام کرتا ہے یا نہیں، جاؤ اور ایک بڑا ڈنڈا لاؤ۔''

''صنوبر کی چھڑی اچھی نہیں رہے گی کیا؟'' میری چچی نے پوچھا۔

''نہیں، صنوبر پہیے بنانے کے لیے کارآمد ہے۔''

''تو بلوط کیسا رہے گا؟''

''نہیں وہ مچھلیاں پکڑنے کے لیے کشتی بنانے کے کام آئے گا۔''

''تو پھر بید کیسا کرے گا؟''

''نہیں بید سے میں ٹوکری بناؤں گا۔''

''اچھا تو سفیدہ لے لو۔''

''نہیں، نہیں، اس سے میں کئی مفید کام لے سکتا ہوں۔ میں اس سے باتھ روم کا پانی گرم کر سکتا ہوں۔''

''اس کے لیے تو میں صنوبر کا ایک درخت کاٹ لاؤں گی۔''

''بالکل نہیں، اس سے تو ستون بنا سکتے ہیں۔''

''تو پھر چاہتے کیا ہو، کیا لاؤں؟ بید مجنوں کیسا رہے گا؟'' میری چچی کا لہجہ کچھ درشت سا سنائی دے رہا تھا۔

''ہاں! بید، ہاں، یہی اچھا رہے گا۔''

(۴)

میری چچی جنگل کی جانب بھاگی اور وہاں سے بید کا ایک تنا اٹھالائی۔

''اب میں اس سے تمھارا سارا اڑیل وضدی پن دور کردوں گا۔'' میرا چچا ڈنڈا گھماتے ہوئے مجھے گھور رہا تھا۔

''ہاں ممکن ہے''، میں نے کہا۔ ''میں مسخروں کو ہمیشہ پسند کرتا ہوں۔''

ہم صحن کے درمیان گھاس پر بیٹھ گئے۔ میرے پیر اس کے پیروں سے جڑے ہوئے تھے اور ہم دونوں کے درمیان بس اتنا ہی فاصلہ تھا جتنی ہم دونوں کی ٹانگوں کی لمبائی تھی۔ اب ہم دونوں نے اپنے ہاتھوں سے ڈنڈے کو مضبوطی سے پکڑ رکھا تھا۔

''یہ ڈنڈا قدرے کمزور ہے۔'' میں نے کہا۔

''میں اس ڈنڈے کے ساتھ جلد ہی جیت جاؤں گا۔'' میرا چچا بولا۔

''تم پچھتاؤ گے کہ تم نے اِس نازک درخت کا انتخاب کیا۔''

''چلو، شروع کرو، کھینچو! کھینچو، زور لگاؤ!'' چچا کا جھگڑالو پن اُبھر رہا تھا۔

ہم دونوں نے ڈنڈے کو اپنی اپنی جانب کھینچنا شروع کیا۔ اگر تم میری قوت کا موازنہ کسی موٹر بوٹ کے انجن کی طاقت سے کرو تو میری طاقت تین سے چار 'ہارس پاور' کے برابر ہے۔ میں نے قہقہہ لگایا۔ میرے چچا کی سانس پھولنے لگی تھی اور وہ کچھ کراہ بھی رہا تھا۔ اس کا چہرہ سرخ اور منہ سے بھاپ نکل رہی تھی۔ اس موقع پر میں نے اسے کہا کہ بھاپ کا زمانہ لد چکا ہے اور آج کل بہتر ترکیب عارضی کنڈیکٹرز کے ساتھ کام کرنا ہے۔ میرا چچا کچھ نہ بولا البتہ وہ ڈنڈے کو اپنی جانب کھینچنے کے لیے زور لگاتے ہوئے منہ سے بھاپ چھوڑ رہا تھا۔ میں نے اسے کہا کہ اسے مجھے ہرانے کے لیے کوئی جلدی نہیں کرنی چاہیے، کیوں کہ میرے پاس کافی وقت ہے۔

''مداخلت مت کرو!''، میرے چچا نے بمشکل یہ جملہ ادا کیا۔ اُس کی سانس پھول چکی تھی۔

مجھے اس کی حالت پر کچھ افسوس ہوا اور میں نے اس کھیل نما امتحان کو اپنے حق میں ختم کردینے کا فیصلہ کیا۔ میں نے ڈنڈے کو مضبوطی سے پکڑا اور پورا زور لگا کر اسے اپنی جانب کھینچا۔ مجھے سخت تعجب ہوا کہ میرا چچا اپنی جگہ سے ایک انچ بھی نہیں ہلا تھا۔ وہ مجھے ہمدردانہ نگاہوں سے دیکھ رہا تھا۔

''کیا تمھیں قوت مل گئی ہے یا میں یہ سمجھوں کہ تمھارے بازوؤں کی شریانیں پھول گئی ہیں؟'' وہ بولا۔ وہ میرے مسکل دیکھ رہا تھا۔

میں نے کوئی جواب نہ دیا۔

''ہم اِسے انجام تک پہنچائیں گے۔'' میرا چچا بولا۔ ''اب پانی گرم ہے اور ہم تمھیں 'مٹی کا غسل' دیں گے۔''

(۵)

مجھے اس پر کچھ غصہ آیا اور مجھ میں میری تین یا چار ہارس پاور والی قوت لوٹ آئی۔

''موٹر اب پمپنگ نہیں کر رہی، پہیے رک رہے ہیں۔'' میرا چچا بولا۔

میں نے ہاتھ ذرا ڈھیلا چھوڑ دیا، سانس لینے کے لیے وقفہ کیا اور انتظار کیا، اب چچا کی باری تھی۔

اب اس نے ڈنڈے کو اپنی جانب کھینچا۔

''تمھیں اپنی بیوی اور بیٹی کو اپنی مدد کے لیے بلانا چاہیے۔'' میں نے کہا۔

اب ڈنڈے کو کھینچنے کی میری باری تھی۔ ''کیا تمھیں اپنے آپ کو تازہ دم کرنے کے لیے باورچی خانہ سے کچھ پینے کی تو ضرورت نہیں۔'' چچا نے بڑے مہربانہ انداز میں پوچھا۔ ''میں یہاں تمھارا انتظار کروں گا۔''

اس موقع پر میرے چچا کی بیوی بھی وہاں پہنچ چکی تھی۔ ''اب وقت ہے کہ تم دونوں یہ بیوقوفانہ حرکت بند کرو، اٹھو اور اندر چلو۔'' وہ بولی۔

''یہ کوئی بے معنی حرکت نہیں ہے۔'' میرا چچا بولا۔ ''ہر ایک کو یہ جاننا چاہیئے کہ وہ کتنا ضدی و سرکش ہے۔ جاؤ اندر جاؤ اور ہمیں یہاں تنگ نہ کرو۔''

ہم دونوں وہاں بیٹھے، ایک دوسرے پر سبقت لے جانے کے لیے ڈنڈے کو اپنی اپنی جانب کھینچنے میں لگے رہے۔ ایک دوسرے کے متعلق ہماری امیدیں ابھرتی اور ڈوبتی رہیں۔ یہاں تک کہ شام ہوگئی اور اوس نے ہر شے کو ڈھانپ دیا۔ چچا کی بیٹی سونے کے لیے بستر پر جا چکی تھی اور اس کی بیوی ہمیں تنگ کرتے کرتے خود ہی تھک ہار کر خاموش ہوگئی تھی۔

''رات کے وقت یہ زور آزمائی بہت ہی اچھی ہے۔'' میرا چچا بولا۔ ''اس سے کوئی بھی مداخلت نہیں کرتا۔''

یہ سچ مچ ایک شاندار رات تھی۔ خاموش اور گرم! آسمان پر ستارے چمک رہے تھے۔ پوری دنیا سو رہی تھی اور اس موقع پر شاید ہی کسی کو معلوم ہو کہ اس وقت کہیں کسی صحن میں کوئی اوس میں بھیگا ہوا بھی ہے۔ سنجیدہ بات یہ تھی کہ چچا اور بھتیجے میں زیادہ سرکش و ضدی کون تھا، اس کا فیصلہ ہونا ابھی باقی تھا۔

رات گزر چکی تھی، ستاروں کی چمک غائب ہوگئی تھی اور اب سورج نکل آیا تھا۔ لوگ جاگ پڑے تھے لیکن اہم ترین سوال ابھی بھی حل طلب تھا۔

''ہم یہاں سے تب تک نہیں اٹھیں گے جب تک ہم میں سے ایک جیت نہیں جاتا۔'' میرے چچا نے کہا۔

اب ہم ڈنڈے کو اپنی اپنی جانب کھینچ رہے تھے۔

(۶)

ایک اور دن گزر گیا۔
ایک اور رات بیت گئی۔

ہماری اِس 'چوب کاری' سے چچا کی بیوی بیزار و تنگ پڑ رہی تھی۔ اس کی بیٹی اسکول جا چکی تھی۔ چچا کی داڑھی بڑھ گئی تھی۔ موسم گرما اپنے آخیر کو پہنچنے والا تھا۔ موسم خزاں کی ہواؤں کی آمد تھی۔ درختوں سے پتے گرنے لگے تھے اور ہم ابھی تک صحن کے درمیان بیٹھے، 'چوب کاری' کے کھیل میں ڈنڈے کو اپنی اپنی جانب کھینچ رہے تھے۔

پھر اچانک میری آواز ڈگمگانے لگی۔ شکر ہے کہ میں خود نہیں ڈگمگا یا تھا! صبح خزاں کی منجمد ٹھنڈ، میں نے ایک شفا بخش لہجے میں اپنے چچا سے پوچھا، ''بڑے میاں، تم تھک تو نہیں گئے؟''

میرا چچا پریشان و مبہوت تھا۔ ''تمھیں تو اپنا پاسپورٹ بنوانے آج شہر جانا ہے۔'' اس نے کہا۔ ''ہمیں یہ کھینچا تانی یہیں چھوڑنی ہوگی!''

''میں تمھیں ٹھیک سیدھا کیے بغیر آج کہیں بھی نہیں جانے والا۔'' میں نے کہا۔

''یہ ہوئی نا ایک مردانہ بات۔'' میرا چچا بولا۔ اب ہم دونوں ایک بار پھر زور لگاتے ہوئے ڈنڈے کو پوری قوت سے اپنی اپنی جانب کھینچنے لگے۔ اڑیل اور ضدی ہونا کوئی بچوں کا کھیل تو ہوتا نہیں۔

دن گزر گئے۔ راتیں بیت گئیں۔ ستارے، آفتاب و ماہتاب سبھی رخصت ہوئے۔ بارشیں شروع ہو گئیں، صبح سے شام اور پھر ساری رات بارش برستی رہی اور ہم ابھی تک 'چوب کاری کے مقابلے' میں مصروف تھے۔

چند ہفتوں بعد ایک دن میری چچی ہمارے پاس آئی۔ ''اگر تم یہ کھیل بند نہیں کروگے تو میں امن عامہ کی پولیس کو مدد کے طلب کرلوں گی۔'' وہ تحکمانہ لہجے میں بولی۔

''کیوں؟'' میرے چچا نے پوچھا۔ ''کیا تم اپنا چولھا خود گرم نہیں کر سکتی ہو؟''

پھر موسم کی پہلی برفباری شروع ہوئی۔ ماحول منجمد ہونے لگا۔

بعض وجوہات کی بنا پر اس صورت حال سے ہم فکرمند تھے۔ چیزیں کچھ کچھ بدلنے اور نیا رنگ پکڑنے لگی تھیں اور ہم دونوں اپنی اپنی طاقت استعمال کرتے ہوئے ڈنڈے کو اپنی اپنی جانب کھینچ رہے تھے۔ آخرکار ایک دن میری چچی ہمارے پاس آئی۔ ''سنو! پرانے سال کا آج آخری دن ہے۔'' وہ بولی۔

''ہمیں اب اپنے دباؤ کو بڑھانا چاہیے۔'' میرے چچا نے کہا۔ ''ہمیں اسی سال یہ فیصلہ کرنا ہوگا کہ جیت کس کی ہوئی۔''

(۷)

''ٹھیک! درست ہے۔'' میں نے کہا۔

''ایک، دو، تین ۔۔۔ کھینچو! زور لگاؤ!'' میرے چچا نے حکم دیا۔

ہم نے اپنی پوری قوت سے ڈنڈے کو اپنی اپنی جانب یوں زور سے کھینچا کہ ہمارے اردگرد پڑی ہوئی برف پگھل گئی اور ہمارے قریب کے پیڑوں کے پتوں پر جمی برف جھڑنے لگی۔ ''ایک، دو، تین ۔۔۔ زور لگاؤ، کھینچو!'' میرا چچا ابھی تک حکم دے رہا تھا۔

پھر اچانک وہاں خاموشی چھا گئی اور ایک ہلکی سے کریک پیدا ہوئی اور ہم دونوں الگ الگ پیچھے گر گئے۔ ڈنڈا درمیان سے ٹوٹ چکا تھا۔

''تمھیں چاہیے تھا کہ کسی ایسے درخت کو چنتے جو مضبوط تھا۔'' میں نے کہا۔

''عجیب بیدِ مجنوں تھا!، لچکدار، لرزتا ہوا!'' میرا چچا بولا۔ پھر اس نے اپنا ہاتھ میرے شانے پر رکھا۔'' تمھیں اس سے کچھ نا کچھ فائدہ پہنچے گا۔'' اس نے کہا۔

''ارے چچا!'' میں نے کہا۔

پھر ہم گھر کے اندر چلے گئے جہاں شمعیں چمکیلی روشنی پھیلا رہی تھیں اور چچا کی بیٹی گیت گا رہی تھی۔ یہ منظر بہت خوبصورت، دلکش اور پرسکون تھا، بالکل اسی طرح کا جیسے آپ اپنے کسی رشتہ دار کے ہاں کبھی کبھار ملاقات کے لیے جاتے ہیں۔

مقروض

سوتیوزازکوروورچ (سربیا)

ترجمہ: خالد بن اسلام

میرا اس سے سفر کے دوران تعارف تھا۔ ہم دونوں نے رات ایک ہی سرائے میں گزاری تھی اور ہماری منزل بھی ایک تھی۔ وہ ملک کا ایک جانا پہچانا آدمی تھا، اس کی ہم سفری پر مجھے فخر محسوس ہو رہا تھا۔ اس کا نام پورے ہرزیگووینا میں گونجتا تھا۔

ہم دونوں ساتھ ساتھ سفر کر رہے تھے۔ میں ایک اعلیٰ نسل کے گھوڑے پر سوار تھا۔ گھوڑے کی نسل اعلیٰ ہونے کی دلیل یہ تھی کہ وہ کئی مرتبہ مجھے گرا چکا تھا۔ میں عموماً اسی گھوڑے سے گرتا ہوں جو بہت اچھا ہو۔ میرا گھوڑا پُر تکبر انداز میں سینہ پھیلائے گردن آسمان کی جانب کیے شاہانہ تمکنت سے قدم اٹھا رہا تھا۔

میرا ہم سفر، سفر کی ابتدا سے خاموش خاموش تھا۔ وہ اپنی سفید گھوڑی پر سوار تھا۔ اس کے ساتھ چار پانچ بار بردار گھوڑے بھی تھے۔ ان پر زین کسی ہوئی تھی لیکن کوئی سامان نہیں تھا۔

وہ ایک تنومند شخص تھا۔ طویل قامت، کشادہ سینہ، ڈھلتی عمر میں بھی اس کی صحت قابل رشک تھی، بخوبی اندازہ لگایا جا سکتا تھا کہ جوانی میں وہ کیسا وجیہہ ہوگا۔ وہ اپنا روایتی لباس زیب تن کیے ہوئے تھا جس میں خوش نما سنہرے بٹن ٹنکے تھے۔ اس کی پیشانی پر چمکدار ریشمی رومال بندھا تھا، رومال کے کنارے دونوں طرف سے اس کے سینے پر جھول رہے تھے۔ اس کی وضع قطع، لباس اور وجاہت، یہ سب کچھ اتنا دیدہ زیب تھا کہ میں نہ چاہنے کے باوجود اس کی طرف سے نظر نہیں ہٹا سکتا تھا۔ وہ اتنا بارعب تھا کہ اس سے گفتگو کرتے ہوئے مجھے ہچکچاہٹ ہو رہی تھی۔

اس کا نام ڈیکومراؤوچ تھا۔ اس کے متعلق طرح طرح کی کہانیاں مشہور تھیں۔ اس کی دلیری، چالاکی اور بہادری کا زبردست چرچا تھا۔ وہ اپنی قانون شکن جدوجہد کے لیے دور دور جانا پہچانا جاتا تھا۔ وہ بہت ذہین

شخص تھا۔ اس نے ہرزیگووینا کا ایک بڑا علاقہ مدتوں دہشت زدہ رکھا۔ ہم دونوں خاموشی سے سفر کر رہے تھے، اجنبیوں کی طرح۔ اس کیفیت پر مجھے الجھن ہونے لگی۔ میں نے چپ توڑتے ہوئے اسے مخاطب کر ہی لیا، میرا مقصد اس سے صرف گفتگو کرنا تھا: ''برادر! تمہارے ساتھ یہ اتنے سارے گھوڑے کیوں ہیں؟ ان پر کوئی سامان بھی نہیں ہے۔''

''میں سامان لے کر شہر گیا تھا، اب وہاں سے خالی لوٹ رہا ہوں۔''

''سامان تم کسی کے لیے لے گئے تھے یا تجارت کرتے ہو؟''

اس نے مجھے گھور کر دیکھا جیسے میرا سوال اسے ناگوار گزرا ہو، اس پر میں گڑبڑا گیا، چند لمحوں بعد اس نے جواب دیا: ''میں یہ سامان مرحوم علی میویا گچ کے بچوں کے لیے لے گیا تھا۔''

میں نے حیرانی سے اسے دیکھا، کیوں کہ علی میویا گچ اس کے دشمن کا نام تھا: ''تم یہ سامان اس کے بچوں کو دینے گئے تھے؟''

میرے منھ سے بے ساختہ نکل گیا۔ ''ہاں اس لیے کہ میں علی میویا گچ کا مقروض ہوں، اس کے بھاری قرض تلے دبا ہوا ہوں۔''

اس نے سر جھکا کر گھوڑی کی گردن پر ضرب لگائی، گھوڑی پہلے ہی تیز چل رہی تھی، اب وہ برق رفتاری سے آگے بڑھی، مجھے مزید سوالات کی ہمت نہیں ہوئی۔ میں نے بھی گھوڑے کی رسی ڈھیلی چھوڑ دی اور کوئی نغمہ گنگناتا ہوا اس کے ساتھ ساتھ بڑھنے لگا، اس وقت یہ یاد نہیں آرہا کہ میں کون سا نغمہ گنگنا رہا تھا۔ شاید میرا نغمہ اسے پسند آیا، اس نے رفتار دھیمی کر لی اور غور سے سننے لگا: ''اونچی آواز میں گاؤ۔''

اس نے فرمائش کی، میں نے آواز اونچی کر لی۔ اس نے اپنی پیشانی پر بندھا ہوا رومال ڈھیلا کیا، رومال اس کی گردن میں آگیا۔ ڈیکو میری آواز کے اتار چڑھاؤ کے ساتھ سر ہلانے لگا۔ کچھ دیر بعد میں خاموش ہو گیا۔ اس نے کہا: ''آگے گاؤ۔''

''مجھے اس کے بول یاد نہیں۔''

شاید میرا جواب اسے اچھا نہیں لگا، وہ ایک بار پھر مجھ سے آگے نکل گیا۔

یکایک اس نے گھوڑی موڑی اور اسے ایڑ لگائی۔ اب اس کا رخ شاہراہ سے اتر کر درختوں کی جانب تھا۔ میں نے دریافت کیا: ''کہاں جا رہے ہو؟''

''درختوں کے نیچے، ہمیں کچھ دیر آرام کر لینا چاہیے۔''

میں بھی اسے کے پیچھے پیچھے ہو لیا۔ سائے میں پہنچ کر ہم نے گھوڑے چرنے کے لیے آزاد کر دیے، پھر ایک گھنے پیڑ کی چھاؤں میں بیٹھ کر ہم دونوں خاموشی سے پائپ پینے لگے۔ گھوڑوں کے جبڑے چلنے کی آواز اور دور کہیں ''لکڑ کھدوا'' کی ٹھک ٹھک کے علاوہ بالکل سناٹا تھا، کچھ دیر بعد میں اس سے پوچھا: ''تم علی کے کب مقروض ہوئے؟''

اس نے گہری سانس لی اور ہاتھ ہلایا: ''ایک مدت گزر گئی۔''

''مدت ہوگئی۔''

میں نے تعجب سے کہا: ''اور قرض ادا نہیں ہوا۔''

''ہاں! یہ قرض ادا کرنے میں طویل وقت لگے گا۔''

منھ سے دھوئیں کے دو تین مرغولے ہوا میں چھوڑنے کے بعد اس نے مجھے دیکھا اور پھر خلا میں گھورتے ہوئے مجھ سے مخاطب ہوا: ''یہ ایک لمبی کہانی ہے میرے دوست اور میرے لیے یہ بہت تکلیف دہ ہے۔''

''مجھے بتاؤ گے؟''

میں نے اشتیاق سے کہا۔

''وہ میرے التجا آمیز اشتیاق سے متاثر ہوا اور اداسی سے بولا: ''کیا کرو گے سن کے؟''

''اگر مناسب ہو تو۔۔۔'' میں نے اصرار کیا۔

اس کی آواز کہیں دور سے آتی محسوس ہو رہی تھی۔ کہنے لگا: ''تمھیں معلوم ہوگا، ترک حکمرانوں کے ظلم و ستم نے مجھے ڈاکو بننے پر مجبور کر دیا تھا۔ ہم سرب باشندے ترکوں کی حکومت میں اپنی ہی زمین پر معتوب شہریوں کی طرح زندگی گزارنے پر مجبور تھے۔ ہمیں کوئی انسانی حق حاصل نہیں تھا۔ آخر کوئی فرد یا کوئی قوم کب تک ظلم سہے۔ ہر ترک کے سامنے سر جھکانا اور اس کے غلام بن کر رہنا ہمارے لیے مشکل ہوتا جا رہا تھا۔ میں ان دنوں جوان تھا۔ ترکوں کے خلاف نفرت کی آگ سربوں میں بڑھتی جا رہی تھی۔ مجھ جیسے کچھ اور سر پھرے بھی تھے، ہم خیالی نے ہمیں یکجا کر دیا۔ ہم ہر وقت ترکوں سے بدلہ لینے، انھیں زک پہنچانے کے بارے میں باتیں کرتے۔ میرے ساتھیوں کی تعداد صرف چھ تھی۔ ہم سب اسلحہ لے کر جنگل میں روپوش ہو گئے۔ جنگل سے ہم ترکوں پر نگاہ رکھتے اور جیسے ہی موقع ملتا، ان پر ٹوٹ پڑتے۔ شاید ہی کوئی دن گزرتا ہو جب ہم کسی نہ کسی طرح ترک کو نقصان نہ پہنچاتے ہوں۔ رفتہ رفتہ ہمارے ساتھیوں میں اضافہ ہوتا گیا۔ نفری بڑھی تو ہمارا اعتماد بھی بڑھا۔ ایک دن پرانا حساب چکانے کے لیے ہم نے علی میویا گچ کے گھر پر حملہ کر دیا۔ کسے نہیں معلوم کہ علی علاقے کا سب سے خود سر تُرک تھا اور قریب قریب تمام ترک زمیندار اس کی سرپرستی کرتے تھے۔ ہمارے حملے سے اس خاندان کے تین افراد مارے گئے لیکن وہ خود بچ نکلنے میں کامیاب ہو گیا۔ ہم نے اسے بہت تلاش کیا لیکن وہ نہ ملا۔ ہم نے اس کا گھر جی بھر کر لوٹا، پھر لوٹ کے سامان سے لدے پھندے جنگل میں اپنے ٹھکانے پر پہنچ گئے۔ ہمیں اس کارروائی کی بہت بھاری قیمت ادا کرنی پڑی۔ جواباً علی نے ہم سے زیادہ لڑنے والے جمع کیے اور ہمارے پیچھے پڑ گیا۔ وہ ہمارے پیچھے جنگلوں اور پہاڑوں کے اس حصے تک چلے گئے جہاں پہاڑی بکرے بھی نہیں پہنچے۔ علی اور اس کے ساتھی ہمارے پیچھے آ رہے تھے۔ اب ہمارے پاس اس کے سوا کوئی چارہ نہیں تھا کہ دشمن کا مقابلہ کیا جائے اور لڑتے ہوئے جان دے دی جائے۔ علی کے پاس نفری بہت تھی۔ علی نے چاروں طرف سے ہمیں گھیرے میں لے لیا۔ ہمارے پاس نہ کھانے کے لیے کچھ تھا نہ پانی تھا۔ ہم بھوک، پیاس اور تھکن سے بے حال تھے اور زندگی سے نا

امید ہو چکے تھے۔ کس میں اتنی ہمت نہیں تھی کہ دشمن کا گھیراؤ توڑ کر نکل جائے، ہم سب موت کا انتظار کر رہے تھے۔ بہت سوچنے کے بعد میں اس نتیجے پر پہنچا کہ ہمیں خود بڑھ کر غنیم پر حملہ کر دینا چاہیے۔ میں نے اپنے ساتھیوں سے کہا؛ ''بھائیو! ہم چاروں طرف سے گھرے ہوئے ہیں۔ ہمارے پاس دانہ پانی بھی نہیں ہے۔ کیا یہ بہتر نہ ہوگا کہ ہم خود پہل کرتے ہوئے دشمن پر قہر بن کر ٹوٹ پڑیں اور بہادروں کی طرح جان دے دیں۔ مرنا تو ہر حال میں ہے، کیوں نہ ہم ان ترکوں کو مار کر مریں۔ فرض کرو، اگر ہم قسمت سے بچ گئے تو یہ ہمارا انعام ہوگا۔''

ساتھیوں نے میری رائے سے اتفاق کیا۔ سب سے پہلے میں بندوق لہراتا ہوا پناہ گاہ سے نکلا۔ میری تقلید میں دوسرے ساتھی بھی باہر آ گئے۔ ترکوں نے ہمیں فوراً گولیوں پر رکھ لیا۔ میں نے اپنے دو ساتھی گرتے ہوئے دیکھے۔ پیچھے ہٹنے کا موقع نہیں تھا، میں گولیاں چلاتا ہوا آگے بڑھا، ساتھی بھی میرے ساتھ تھے۔ میری آنکھیں خون آلود تھیں، مجھے کچھ نظر نہیں آ رہا تھا۔ اچانک میری پشت پر ایک زبردست جھٹکا لگا۔ میں لڑکھڑایا اور ہوش وحواس کھو بیٹھا۔ ہوش آیا تو میں نے خود کو علی میویاگچ کے گھر میں پایا۔ میں ایک آرام دہ بستر پر لیٹا تھا اور علی سمیت کئی ترک میرے بستر کے چاروں طرف کھڑے تھے۔ میری آنکھیں کھلیں تو علی نے جھک کر میرے ہاتھ اپنے ہاتھوں میں لے لیے۔ کیا محسوس کر رہے ہو؟ اس نے نرم لہجے میں دریافت کیا۔ میں نے اٹھنا چاہا لیکن تکلیف کی شدت نے اٹھنے نہیں دیا۔ ایسا محسوس ہوا جیسے پیٹھ میں دوبارہ گولی پیوست ہوگئی ہو۔ میں پھر بے ہوش ہو گیا۔ پورے ایک مہینے تک میں موت سے لڑتا رہا۔ علی نے ایک لمحے کے لیے بھی نہیں چھوڑا۔ وہ احتیاط اور تندہی سے میری دیکھ بھال کر رہا تھا۔ وہ خود میرا زخم دھوتا، اپنے ہاتھوں سے مرہم پٹی کرتا اور اپنے ہاتھوں سے مجھے کھانا کھلاتا۔ اگر میں کم کھاتا تو وہ ضد کر کر کے مجھے اور کھلاتا۔ اکثر وہ میرا سر اپنے زانوں پر رکھ کے میرے بالوں میں آہستہ آہستہ انگلیاں پھیرتا، اس طرح مجھے نیند آ جاتی۔ اس کی اس جاں فشانی کا نتیجہ یہ ہوا کہ میں نے موت کو شکست دے دی۔ میرے جسم میں تیزی سے توانائی آنے لگی۔ زخم مندمل ہونے لگا۔ یہاں تک کہ ایک دن دیوار کا سہارا لے کر میں اپنے پیروں پر کھڑا ہو گیا۔ علی روز مجھے باغ میں نہلانے لگا۔ جب میں تھک جاتا تو وہ مجھے کسی درخت کے سائے میں آرام کے لیے بٹھا دیتا۔ طاقت روز بروز بڑھتی گئی۔ مجھے صحت یاب ہوتے دیکھ کر علی کے چہرے سے خوشی پھوٹنے لگی تھی؛ ''اب کیسا لگتا ہے؟ کیا تم میں دوڑنے کودنے کی طاقت آ گئی؟''

ایک دن اس نے مسکراتے ہوئے سوال کیا۔ ''نہیں! میں اب بھی نقاہت محسوس کرتا ہوں۔''

اس نے اپنی انگلیاں مروڑتے ہوئے زوردار قہقہہ لگایا۔

''جلد، بہت جلد تم بالکل تندرست ہو جاؤ گے۔''

''وہ مجھے باغ میں چھوڑ کر گھر کے اندر چلا گیا۔ کچھ دیر بعد لوٹا تو اس کے ہاتھوں میں بندوقیں تھیں۔ اس کے چہرے کا رنگ تبدیل ہو گیا تھا اور آنکھوں میں بھوکی بلی والی چمک تھی۔

''میں نے تمھیں اس قابل کر دیا ہے کہ تم دوبارہ اپنے پیروں پر کھڑے ہو سکو۔'' اس نے میرے سامنے آ کر کہا۔ ''اب تم پہلے کی طرح طاقتور ہو، اتنے ہی طاقتور ہو جتنے زخمی ہونے سے پہلے تھے۔ اب تم اس

قابل ہو گئے ہو کہ میرا قرض ادا کر سکو۔ تم پر میرا بہت بھاری قرض ہے۔ تین سروں کا قرض جن میں سے دوسر میرے بھائیوں کے تھے۔''

اس کی آنکھوں میں خون بھرا ہوا تھا، نچلا جبڑا پھڑ کنے لگا۔

''جب تم زخمی ہو کر میرے قدموں میں بے ہوش ہوئے تھے، اس وقت میں آسانی سے تمھیں مار سکتا تھا لیکن نہتے دشمن پر حملہ کرنا ترکوں کی روایت نہیں ہے۔ میں تمھیں دوبارہ چاق و چوبند بنا کر قتل کرنا چاہتا تھا۔ علی میویا گچ نے کسی مجبور دشمن کو کبھی قتل نہیں کیا۔ تمھیں بے ہوشی میں مار کے میں اپنے دامن پر داغ کیسے لگا سکتا تھا۔''

اس نے ایک بندوق میرے ہاتھوں میں تھما دی۔ ''یہ بندوق بالکل میری بندوق جیسی ہے اور میری بندوق کی طرح اس میں بھی گولی ہے۔ ہم دونوں جنگل میں جائیں گے اور اپنے اپنے نشانے کا امتحان لیں گے۔''

میری زبان پر جیسے تالا پڑ گیا۔ میں سر جھکائے کسی معمول کی طرح اس کے ساتھ چلنے لگا۔ ہم جنگل میں پہنچ گئے۔

''وہیں کھڑے رہو، جہاں تم ہو۔''

اس نے حکم دیا اور بالکل میرے سامنے کھڑا ہو گیا۔

''ہم دونوں ایک ساتھ فائر کریں گے۔'' وہ مجھے جنگ کے قواعد بتا رہا تھا۔

اب میرے حواس دوبارہ کام کرنے لگے تھے۔ میں نے بندوق پھینک دی اور ایک جانب کھڑا ہو گیا۔

علی چلایا: ''کیا تم یہ سمجھ رہے ہو کہ میں یک طرفہ طور پر گولی چلاؤں گا تا کہ دنیا میرے نام پر تھوکے کہ میں نے غیر مسلم دشمن قتل کر دیا۔ کان کھول کر سن لو، تمھیں وہ کرنا ہے جو میں تم سے کہہ رہا ہوں، میں یہ مقابلہ ترک کرنے کا کوئی ارادہ نہیں رکھتا اور نہ مقابلے کے بعد تم پر حملہ کروں گا۔''

اس کے ہونٹوں پر فاتحانہ مسکراہٹ تھی۔ میں خاموش کھڑا تھا۔

''بندوق اٹھاؤ۔'' وہ زور سے چیخا۔

''نہیں تو میں تمھیں خرگوش کہہ کر پکاروں گا۔''

میں نے جھک کر زمین سے بندوق اٹھا لی۔

''اس طرف مڑ جاؤ۔'' میں اس کے حکم کے مطابق مڑ گیا۔

''میری طرف نشانہ باندھو۔''

میں نے تعمیل کی۔ اس نے بھی بندوق کا رخ میری جانب کر دیا۔ اس نے فائر کیا، اس کی گولی جنگل میں کہیں دور بازگشت پیدا کرتی ہوئی گزر گئی۔ مجھے یاد نہیں میں نے لبلبی دبائی تھی یا نہیں۔ مجھے صرف یہ نظر آیا کہ وہ لڑکھڑاتا ہوا زمین پر گر رہا ہے۔ میں افسوس اور غم سے چلاتا ہوا اس کی طرف لپکا اور اس کے پاس زمین پر بیٹھ گیا لیکن آہ! وہ ختم ہو چکا تھا۔ اس دن کے بعد سے میں نے اس کے بچوں کو اجناس او دیگر چیزیں پہنچاتا ہوں، میں

بھیڑیں، بکریاں اور گائیں بھی لے جاتا ہوں تا کہ وہ ان سے اپنے دیگر اخراجات پورے کرسکیں۔''

ڈیوکو اپنی کہانی ختم کی اور سر جھکا کر زمین کریدنے لگا۔ میں دیکھ رہا تھا کہ اسے آنسو روکنے میں کامیابی نہیں مل رہی ہے۔ آنسو بہہ بہہ کر اس کے گالوں پر پھیل رہے تھے۔